AF211913

BOOKS on DEMAND

Melanie Rössler

Sinfonie des Lebens

Bibliografische Information der Deutschen National-bibliothek:
Die Deutsche Nationalbibliothek verzeichnet diese Publikation in der Deutschen Nationalbibliografie; detaillierte bibliografische Daten sind im Internet über http://dnb.dnb.de abrufbar.

© *2016 Melanie Rössler*
2. Auflage April 2017

Covergestaltung: **bookdresses und pikkablue**

Herstellung und Verlag: BoD – Books on Demand, Norderstedt
ISBN: 978-3-837046564

Willkommen in der Hölle.

Frisch gepresster Orangensaft, knusprig duftende Croissants, zart schmelzende Butter und ein randvoll gefülltes Glas mit Nussnougatcreme.

Für die einen ein Traum - für mich nerviger Alltag.

Wer wie ich Dauergast in einem Hotel war und sich kostengünstig mit Halbpension verwöhnen ließ, teilte höchstwahrscheinlich meine überaus pessimistische Meinung. Ich konnte es einfach nicht mehr sehen. Ich sehnte mich nach den angebrannten Toasts mit zerlaufendem Sandwich-Käse und der beinah sauren Milch aus der Tüte, garniert mit dem restlichen Abendbrot des vergangenen Tages. Ich liebte dieses Chaos und es liebte mich. Um nicht zu sagen, dass ich ein gigantischer Anziehungsmagnet für jede Form von Chaos war. Ein Wunder also, dass ich trotzdem jeden Morgen unfallfrei dieses perfekte Frühstück serviert bekam ohne dass die Welt nebenbei in Flammen aufging.

Kapitel 1

Dabei durfte ich nicht vergessen zu erwähnen, dass ich zwei Freunde hatte, die mich hervorragend ergänzten. Mir wurden sie quasi vom Schicksal vor die Haustür gesetzt in meiner Jugend. Da hätten wir zu meiner Linken, wortwörtlich, im quietschgrünen Nachthemd, meine liebe Elfi - eigentlich Elfriede, aber dieser altertümliche Name passt nicht zu ihrer schillernden Persönlichkeit. Von uns auch öfters liebevoll "Tollpatsch" genannt, musste sie einfach einen Gegenstand nur schief ansehen um sich damit zu verletzen. Darum besaß sie mehr Narben und Verletzungen als eine Fußballmannschaft zusammen. Regelmäßige Besuche beim Hausarzt um die Ecke standen bei Elfi auf der Tagesordnung. Ein gewisser Doktor Baroni kannte Elfi bereits als Kleinkind und war deshalb bestens mit ihrer vollständigen Unfallgeschichte vertraut. Dazu zählten unter anderem ein paar Katzenbisse und ein Schlüsselbeinbruch, sowie ein Loch im Kinn und diverse andere schmerzhafte Verletzungen. Dieser Arzt war ein älterer Herr um die fünfzig mit schütterem Haar und stets mit einem freundlichen Lächeln im Gesicht. Des Öfteren musste ich meine Freundin bei ihren Besuchen begleiten und war deshalb auch namentlich in der Arztpraxis wie ein bunter Hund bekannt. Insgeheim vermutete ich ja, dass die Arzthelferinnen eine Strichliste führten, wie oft wir in der Woche auftauchten und darüber untereinander Wetten abschlossen.

Der erste Unfall ereignete sich bereits bei ihrer Geburt. Statt anständig und ganz normal zur Welt zu kommen, musste sie mit einem Pömpel aus dem Leib der Mutter herausgezogen werden, damit die Krankenschwester sie zu Gesicht bekam. Vermutlich ahnte sie bereits damals, dass das Leben "da draußen" kein Zuckerschlecken sein würde. Die komplizierte Geburt dauerte über dreizehn Stunden und erst durch die Saugglocke wurde das Baby befreit. Statt eines wohlgeformten Kopfes präsentierte sich dort eine riesige Beule und sie war alles andere als ein süßes Kleinkind, die sie ihren Eltern dann auch mit dreimonatigen Koliken dankte. Von Natur aus stellte sich Elfi als ein komischer Kauz heraus, verbunden mit oft seltsamen Anwandlungen und wollte geschätzt jede fünf Minuten ihr Leben umkrempeln. Ihre Berufswünsche und Lebensziele veränderten sich öfters, als so mancher Mann seine Unterhosen wechselte.

Zwar gab es bei jedem Menschen eine derart gelagerte Phase, allerdings entwickelte war es sich in ihrem Alter so langsam nur noch zum Mäuse melken. Außerdem testete sie so ziemlich jede Berufsbranche, da blieb nicht mehr viel übrig zum Ausprobieren. Momentan möchte meine Freundin gerne Hebamme werden oder alternativ Erzieherin - einfach um möglichst vielen Kindern auf diesem Planeten zu helfen. Allerdings erschien es mir schleierhaft wie sie dies bewerkstelligen wollte, indem sie kleine Schreibündel aus Leibern holte oder auf Rotzlümmel im Kindergarten aufpasste. Nun ja, wer weiß, wie lange diese Phase wohl andauern würde. Als gute Freundin würde ich sie natürlich dabei unterstützen, aber bissige Kommentare konnte ich mir keinesfalls verkneifen. Was sie ganz genau wusste.

Nun aber zum charmanten Herrn, der zu meiner Rechten schnarchte und schützend eine Hand um sein bestes Stück hielt, als hätte er Angst, sein kleiner Freund würde sich aus dem Staub machen. Sein nicht unbedingt sehr kunstvoller Name Gustav bot mir immer einen gewünschten Anlass, mich über ihn lustig zu machen, woraufhin dieser "Gustl" mich am liebsten erwürgen möchte, so wie es Homer Simpson mit seinem Sohn tat. Als personifiziertes Selbstbewusstsein kannten wir Gustav, das sich nicht nur bei seinen sämtlichen Auftritten in neuen Territorien auszahlte, sondern auch für einen Pluspunkt bei der Frauenwelt sorgte. Unser kleiner Macho hatte aber ein Problem: Mit sicherem Griff suchte er sich immer die Sorte Frau aus, die dazu neigte eine Klette zu sein. Unser wild gelockter Wuschelkopf liebte mollige, meist typische graue Mäuse, die ihr Glück gar nicht fassen konnten, einem solch attraktiven Kerl zu gefallen. Nicht selten mutierten sie sogar zu Stalkerin. Nach Beendigung einer Beziehung trafen zuerst flehende Sms ein, danach penetrante Anrufe und teilweise sogar noch bittstellerische Briefe. Dann warfen die von Zorn erfüllten Verfasserinnen dieser Nachrichten Steine nachts durchs Fenster und dazwischen tauchten die zutiefst enttäuschte Frauen alkoholisiert vor der Wohnung auf, um in erbärmlicher Weise zu weinen.

Aber wer durfte das alles ausbaden und die weinerlichen, flehenden oder wutschäumenden Anrufe entgegennehmen? Genau, meiner Wenigkeit wurde diese Ehre zuteil. Mittlerweile war ich Profi als Telefonistin und würde dies gerne in meinem Lebenslauf als herausragende Qualifikation erwähnen. Natürlich taten mir die Frauen auch leid - ein bisschen, aber wie konnten sie nur so verdammt anhänglich und extrem nervig sein?

Beziehungsweise die unbestrittene Tatsache vehement zu ignorieren, dass es einfach aus und vorbei war?

Vielleicht sollte noch seine Herkunft erwähnt werden. Auf einem Bauernhof wuchs er nämlich auf, wo die

Herren, ganz altertümlich, das Sagen hatten und Frauen nur zum Beischlaf oder dem Kochen dienten. Wobei ersteres, im Fall Gustav, wichtiger als das Kochen war - der Lieferservice konnte schließlich auch Mahlzeiten herbeizaubern. Sein dominanter Vater brachte es zwar als Landwirt im Leben weit, jedoch hatte er meiner Meinung nach ein Herz aus Stein. Wer seine Frau jemals kennen lernte, weiß worum es sich handelte. Dieses hingebungsvolle, zärtliche und bezaubernde Wesen brachte sogar mein sarkastisches Herz zum Schmelzen. Dennoch hielt sie seit über dreißig Jahren diesen Gefühlstrampel aus und liebte ihn abgöttisch - obwohl er zu keinerlei Zärtlichkeiten fähig war.

Um zurück auf den schnarchenden Mann neben mir zu kommen, muss ich noch eines erwähnen. Dieser wilde Vogel mit einer Vorliebe für ausgewaschene Latzhosen ist in beruflicher Sicht ebenfalls ein absolut hoffnungsloser Fall wie Elfi - und ich. Zwischen Nebenjobs pendelte er hin und her, mimte nachts den Türsteher in einem Club in der Innenstadt und wusste auch nicht so recht, welcher Beruf sich überhaupt für ihn eignete.

Mich wunderte es immer wieder, dass ich unsere langen durchzechten Nächte mit anschließender Pyjama-Party in meinem Hotelzimmer, noch so liebte. Es gibt zweifellos wesentlich Schöneres, als zwischen zwei Alkoholleichen zu liegen, dadurch einen steifen Nacken zu bekommen und mit einem elenden Mordskater am nächsten Morgen aufzuwachen. Aber so langsam spürte ich sowieso mit jedem weiteren Lebensjahr schmerzhaft alle Knochen. Mit dem Rücken hatte ich seit meiner Jugend Probleme, als ich mit dreizehn Jahren einen üppigen Vorbau bekam und über Nacht in die Pubertät verfrachtet wurde. Das war nicht sehr angenehm. Ein kleiner Gartenzwerg mit Monsterbusen. Dementsprechend fiel auch der Spitzname in der Schule für mich aus: Melone.

Oh! So langsam rührte sich etwas neben mir. Zeit meine inneren Monologe zu beenden und einen Blick nach draußen zu wagen.

Etwas schwermütig öffnete ich meine vom Schlaf verklebten Augen und spähte vorsichtig hinaus in die weite Welt meines Zimmers, das ich mein Eigen nennen konnte. Jedenfalls solange ich die Rechnung regelmäßig bezahlte, was nicht so leicht war, da ich über keine feste Anstellung verfügte. Mein Blick fiel augenblicklich auf mein Frühstückstablett, wegen dem ich die Augen vor fünf Minuten wieder schloss. Uärks...

„Mmmh, rieche ich da etwa Croissants?"

Ah, Elfi hörte das Flehen der wartenden Blätterteigstücke und erbarmte sich natürlich großherzig sie von ihrem Schicksal als verarmtes Gebäck zu erlösen.

„Guten Morgen erstmal. Ihr habt mich schon wieder wie eine Ölsardine eingequetscht! Ich bestehe beim nächsten Mal auf mein Bett und zwar allein!"

„Oh, Miss Miesepeter, ich wünsche dir ebenfalls einen herrlichen Samstagmorgen!", trällerte Elfi in ihrer glockenklaren Sopranstimme und stupste mich in die Seite.

In diesem Moment ertönte ein lauter Schnarcher von dem Deckenhaufen rechts von uns und die braunen Locken von Gustl tauchten aus dem Getümmel langsam auf.

„Seid leise ihr zwei Tratschtanten, so früh ertrage ich noch kein Geschnatter.", grummelte er tief aus den Decken hervor und sein Arm warf ein großes blaues Kissen nach uns.

Instinktiv legte ich schützend den rechten Arm vor mein Gesicht und wollte gerade lautstark zum Protest ansetzen, als das Missgeschick schon geschah. Gerade wollte Elfi in eines der Croissants beißen, als sie das Kissen seitlich am Kopf traf und sie mitsamt Tablett und Decken hochkant aus dem Bett zu Boden fiel. Die Teller flogen durch die Luft und die Croissants verteilten sich quer über dem Bett. Damit kehrte mein geliebtes Chaos mit einem Schlag zurück!

„Na, so kann der Morgen ja starten. Ein tollpatschiger Frosch und ein tollwütiger Bär! So mag ich das.", bemerkte ich mit einem süffisanten Grinsen und half Elfi dabei, sich wieder aufzurappeln.

„Ja, ja, hör auf so zu glotzen! Ich kann ja nichts dafür, dass die Satinbettwäsche so gemeingefährlich glitschig ist!"

Mit einem tiefen Seufzer schwang sich nun auch Gustav aus dem wohligen Territorium und schlurfte voll positiver Energie ins Bad. Peng! Etwa eine halbe Stunde später lagen wir wieder wie die Sardinen im Bett, das Tablett und die Scherben wurden entfernt, aber die Auswirkungen des gestrigen Abends machten sich jetzt bemerkbar. Gesegnet mit überwältigenden Kopfschmerzen und furchtbaren Qualen bei jeder einzelnen Bewegung sowie Mangelerscheinungen aus Schlaf und auch noch die hapernde Hygiene kamen wir am Tiefpunkt des Befindens an. Jeder versuchte dabei den anderen mit Wehklagen zu übertrumpfen.

„Ooh, mein Schädel brummt als ob zwanzig Affen mit winzigen Trommeln darin Samba tanzen würden...", hörte ich es von Elfi, die ihren Kopf mit systematischen Druckmassagen behandelte. Aus der anderen Ecke brummte ein todmüder Gustl mit Augen so klein wie zwei Briefschlitze:

„Ich will schlafen, haltet endlich die Klappe, geht das nicht in euer Hirn?"

„Ach seid doch beide still, ihr Memmen, mir schmerzen hier alle Glieder und ihr jammert wegen so 'nem Pipifax.", ertönte meine Antwort auf das Gestöhne der beiden.

Vollgepumpt mit Schmerztabletten bis an die Ohren beschlossen wir später die heiß diskutierten Themen vom Vortag erneut aufzuwärmen. In Gedanken ließ ich den gestrigen Abend Revue passieren und sah mich rückblickend mit meinen Freunden bei dem Konzert, das wir alle unbedingt besuchen wollten, aber sich schlussendlich als der absolute Reinfall entpuppte. Enorm viele Hoffnungen setzten Elfi und ich in den Abend, denn als bedauernswerte Dauersingles wollten wir endlich von einem attraktiven Mann umschwärmt werden oder zumindest einen heißen Flirt landen.

Aufgebrezelt wie für den Laufsteg einer Modenschau in Paris stolzierten wir mit unserem männlichen Freund in Richtung Nachtclub, der ein mutmaßlicher Geheimtipp unter den Partyleuten sein sollte.

Zu Recht ein Geheimtipp, denn als wir im Barbereich ankamen, sahen wir ungefähr zehn Menschen, die alle nicht allzu begeistert dreinblickten. Der übliche Check der Location ging von uns auch eher schlecht als recht vonstatten, als wir die fünf Klapptische bemerkten, die als einzige Anlaufmöglichkeit dienten. Wenn wir von der mickrigen Bar aus Holz und einer winzigen improvisierten Bühne absahen, war der Raum nackt. Mit ein paar einzelnen Postern wurden die drei Bands angekündigt, die heute das Publikum unterhalten sollten. Dabei musste schon gesagt werden, dass die Veranstalter vermutlich ihr gesamtes Budget in die Plakate investierten, denn diese versprachen eindeutig viel mehr, wie die traurige Realität aussah. In unserer stillen Naivität nahmen wir natürlich an, dass dies das Event des Jahres werden würde.

Pustekuchen.

Diese sogenannten "Bands" bestanden aus einem Haufen Teenager, die laut ihrer Meinung eine gute Rockmusik machen würden. Während die Fangemeinde, bestehend aus anderen lästigen pubertierenden Zwerge, bei der ersten Gruppe wild hin und her hüpfte wie die Karnickel beim Rammeln, standen die etwas vernünftigeren und enttäuschten Zuschauer unseres Alters bloß am Rande des Geschehens. Entweder hielten sie sich an ihren Getränken fest oder blickten im Minutentakt auf die Uhr. Wir nutzten also die verschenkte Zeit um uns ordentlich zu betrinken und über das Leben zu jammern. Erstens sehnten wir uns nach richtig guter Musik und des Weiteren fühlten wir uns einsam und alt.

„Schau dir all die jungen Dinger an, schlank und rank und voller Energie... was ist nur aus uns geworden?", meinte Elfi missmutig an mich gewandt während sie voller Neid ihren Strohhalm malträtierte, um nicht dem Mädchen die Augen auszukratzen, die mit ihrer bewundernswerten Figur an uns vorbei schlenderte.

„Jetzt mach mal halblang, wir sind erst fünfundzwanzig und du jammerst jetzt schon wie eine alte Jungfer! Wie soll das mal aussehen, wenn wir erstmal zehn Jahre älter sind?", war mein einziger Kommentar zum Thema Alter, denn meine beste Methode dafür war die Verdrängung. Diese beherrschte ich außerordentlich gut, nahe an der Perfektion.

„Hach, aber eins sag ich euch. Ich vermisse die Zeiten als wir noch voller Träume und Ziele steckten und uns am liebsten alle auf einmal erfüllen wollten! Und was haben wir bisher erreicht? Nichts! Außer ein paar Nebenjobs und missglückte Beziehungen, die uns nichts als Ärger einhandelten."

„Mmh...du hast Recht. Was sollen wir denn bloß dagegen tun? Ich habe schon noch einiges vor in meinem Leben, aber alles scheint so hoch gegriffen zu sein, wenn ich etwas möchte. Oder ist ein liebender Partner etwa zu viel verlangt?"

„Für solche Beziehungskrüppel wie uns bestimmt schon. Als kleines Kind wollte ich immer einen aufregenden Beruf ergreifen und eine riesige Familie mit mindestens zehn Sprösslingen gründen. Jetzt sieh mich an! Was habe ich davon erfüllt? Null Komma gar nix! Kein atemberaubender Job und in nächster Zukunft wird das auch nix mit dem Nachwuchs."

„So schlecht ist dein Job nun auch wieder nicht. Schau erstmal mein mickriges Leben an, ich habe schließlich nicht mal einen Beruf!"

Jetzt schnaufte Elfi ärgerlich und sank mit dem Kinn noch tiefer in ihr Glas. Ich rutschte an ihre Seite und legte meinen Arm tröstend um sie, als wir beide synchron einen lautstarken Seufzer losließen. Wir dachten in diesem Moment wahrscheinlich dasselbe: Das Leben war schlicht und einfach ungerecht!

„Irgendwas müssen wir unternehmen, so kann das doch nicht weitergehen mit uns zwei Hübschen. Jedes Wochenende hängen wir in irgendeiner Kneipe rum und deprimieren uns bloß gegenseitig. Außerdem ertrage ich den Kater am nächsten Morgen einfach nicht mehr."

Angestrengt überlegten wir uns zum Ziel führende Lösungsstrategien, aber bei diesem Lärmpegel der schrecklichen Musik brachten wir einfach keinen klaren Gedanken zustande. Die Sorgen wurden also vorübergehend mit überteuerten Drinks betäubt. Nach einigen alkoholischen Getränken später kam mir die rettende Idee!

„Wie wäre es denn mit...", wollte ich voller Energie meinen Vorschlag preisgeben, als mich Elfi bereits Kopf schüttelnd unterbrach.

„Mit Lesbisch werden? Nein, danke, ich stehe dann doch lieber auf knackige Muskeln und ein gewisses Equipment da unten."

"An was denkst du denn gleich wieder, du Ferkel! Hör mir lieber zu, bevor du gleich losplapperst.", wies ich sie in ihre Schranken zurück. In aller Ruhe breitete ich meiner Freundin den genialen Plan aus.

"Wir zwei suchen einen attraktiven, liebevollen und interessanten Mann, der unser Leben in bessere Bahnen leitet und uns in jeder Menge Hinsichten glücklich macht. Und wo kann man schneller und einfacher Männer kennen lernen als sonst wo? Genau! Entweder aus dem Katalog, den es zu unseren Ungunsten noch nicht gibt oder im Singleurlaub! Wir nehmen uns einfach mal eine Auszeit und suchen uns irgendwo einen schnuckeligen Beachboy!"

"Moment mal, deine unverhohlene Begeisterung kann ich leider nicht teilen. Erstens: Woher nehmen wir das Geld für deinen Spontanurlaub? Und zweitens können diese Typen aus jedem noch so kleinem Minikaff auf dieser Erde kommen und wir sind zwar bis über beide Ohren verliebt, aber können ihn nie wiedersehen, weil er in Timbuktu lebt? Na aber bitte, da ist ein gewaltiger Haken!"

In diesem Augenblick unterbrach uns Gustav, der bisher schweigend unseren Wortaustausch mitverfolgte.

Er meinte, dass er den richtigen Lösungsansatz für uns parat hätte.

"Da rückst du aber früh damit raus, Einstein! Ein paar Jahre eher hätten es auch getan!"

Mit Misstrauen erwartete ich seine "großartige" Idee und war richtig entsetzt als er sie uns nannte. "Probiert es doch ganz einfach mit Arbeiten. Nicht diese Minijobs, sondern ein richtiger Beruf. Macht Abendkurse, besucht die Volkshochschule, bildet euch fort - macht einfach was in dieser Richtung und ihr werdet sehen, dass man auch im Berufsleben einen potenziellen Partner finden kann."

Zuerst einmal zeigte ich baff darüber, meine Kinnlade stand sperrangelweit offen und ich starrte diesen Berufsguru mit riesengroßen Augen an. Meiner Freundin erging es in ihrer Reaktion da nicht anders, ich konnte fast die Fragezeichen über ihrem Kopf schwirren sehen.

So langsam realisierte ich, was Gustav da wirklich von sich gab.

Arbeit? Aus seinem Munde!

Vorsichtig machte ich ihn also darauf aufmerksam, dass er weder einen richtigen Job hatte, geschweige denn eine Traumfrau an seiner Seite. Er tat ja gerade so als wäre er der Überflieger schlechthin!

"Tja, diese Neuigkeiten wollte ich mir bis ganz zum Schluss des Abends aufheben und euch damit überraschen."

"Nein! Du willst doch wohl nicht sagen, dass du Arbeit gefunden hast? Die dir Spaß macht? Und auch noch gut bezahlt ist?"

Das Staunen wurde immer größer - wie unsere Augen.

"Und ein nettes Mädel an der Angel?", meldete sich Elfi wieder zu Wort.

"Pfff...nett ist die kleine Schwester von Scheiße. Nein, mal ehrlich, ich habe seit letzter Woche eine feste Anstellung. Ich habe die ehrenvolle Aufgabe eine Filiale eines Fitnessstudio-Kette zu leiten. Dadurch, dass ich im FittyHeaven Stammgast war und ab und an aushilfsmäßig einen Kurs leitete, kannte mich der Chef schon persönlich. Tja und dieser hat offensichtlich mein Potenzial erkannt."

"Respekt, ich hätte nie gedacht, dass so ein verantwortungsvoller Posten etwas für dich ist."

"Gut, dass ich in der Schule den Zusatzkurs in Buchführung gemacht habe."

"Ja, der einzige Kurs, den du überhaupt fertiggemacht hast, im Gegensatz zu den fünf anderen.", warf Elfi amüsiert dazwischen.

"Genau, ... erinnere mich nur an die Schandtaten meiner Vergangenheit! Aber unter anderem dank diesem Kurs habe ich alle Voraussetzungen erfüllt und bin jetzt ein Mann mit festem Gehalt auf dem Konto."

"Und Vitamin B."

Trotz dieser überaus erfreulichen und überraschenden Nachricht - die wir mit einer Runde Schnaps feierten - musste ich nachhaken, wie es denn mit der angeblichen Traumfrau aussah.

"Wie gesagt, im Berufsleben wird man fündig. Besonders im Fitnessstudio sind ja Scharen von Menschen, da bin ich mir auch sicher, dass dort bald meine Herzdame dabei sein wird!"

"Moment mal du Schlaukopf. Es gibt also noch gar keine? Und nervst jetzt schon mit deinen Gardinenpredigten? Vergiss es."

Beschwichtigend hielt Gustav seine Hände hoch und erklärte in beruhigendem Tonfall:

"Mädels, zurück zum eigentlichen Thema: Ich möchte nicht, dass ihr euch einfach eine simple Arbeit sucht, sondern wir machen daraus eine schmackhafte Wette. So geht das jedenfalls nicht mit euch weiter. Ich habe es erkannt, wie durch eine plötzliche Eingebung. Jetzt muss es nur noch euch wie Schuppen von den Augen fallen. Ich gebe euch ein Jahr lang dafür Zeit und in diesem Zeitraum kümmert ihr euch um euer Leben! Aber richtig und damit basta!"

Keiner von uns beiden wusste in diesem Moment so recht, was da mit unserem Freund plötzlich geschah. Schien er doch in den letzten Tagen so gleichbleibend unverändert, mutierte er nun zum komplett anderen Menschen. Diese Vernunft und der Ernst, uns beide am Schlafittchen zu packen und uns damit glasklar den Weg zu weisen, stellten sich als unglaublich für einen sonst eher pragmatischen Mann heraus. Tatsächlich hörte er sich wie ein erwachsender Mensch an. "Klar, ihr seid jetzt total überrumpelt und werdet mich noch eine Ewigkeit mit euren Glubschaugen anstarren, aber wirklich, ich habe sozusagen von Gott oder wer auch immer dort oben sitzt, einen gewaltigen Tritt in den Hintern bekommen. Jetzt bin ich völlig am Boden der Tatsachen angelangt, während ihr noch auf unserer Teenager-Traumwolke schwebt. Wer kann euch da besser helfen als ich, der die gleichen Startvoraussetzungen besaß?"

Nach seinem tiefsinnigen Monolog stand er auf und holte noch zwei große Gläser Bier, um Elfi und mich wieder in die Realität zurück zu bringen. In einem Zug leerte ich den Becher aus und begann langsam zu begreifen, wie die ganze Sache ablaufen sollte.

"Du verlangst sozusagen, wir sollen aus der Arbeitssuche eine Art Wette machen? Aber bei so einem Wettkampf gibt es auch immer einen Gewinn für den Sieger, oder?"

Darauf grinste Gustav von einem Ohr zum anderen und meinte dann geheimnisvoll:

"Da lasse ich mir noch etwas Großartiges für euch beide einfallen, keine Sorge. Aber zuerst erkläre ich euch die Bedingungen und ihr Ziel."

Währenddessen kam Elfi allmählich wieder zu Bewusstsein und nickte bloß zustimmend. Anscheinend fand sie noch keine Worte dafür, die ihr über die Lippen kommen wollten und zeigte sich überwältigt über die Flut der Informationen. Gerade räusperte sich Gustav geräuschvoll, um zu einer Rede anzusetzen.

Doch es unterbrachen ihn die kreischenden Gitarrenklänge dieser Möchtegern-Band. Wir wandten uns etwas entsetzt und mit dröhnenden Trommelfellen zur Veranstaltung um.

Einzelne Fans in der kleinen Menge hüpften wie die Flummies auf und ab, während andere ihre Smartphones zückten, um diesen denkwürdigen Moment mit einem Selfie in Ewigkeit festzuhalten.

"Ich frage mich jedes Mal, was daran so interessant ist, sämtliche Erlebnisse seines Lebens ins Netz zu stellen. Wenn ich da an so manche Internetseite denke, breitet sich das ganze Privatleben der Jugendlichen vor einem aus. Äh, da wird mir ganz schlecht.", sagte Elfi kopfschüttelnd.

"Stimmt. Und die ganzen Fotos, die dort drin sind! Manche entblößen sich bis auf ihr Höschen und zeigen das der halben Welt. Also so ordinär waren nicht einmal wir."

"Ja ja, du unschuldiges Lämmchen vom Land, ihr beide ward auch nicht ganz knusper! Wenn ich da an so manche Partynächte in unserer Jugendzeit denke, hui, da ist manchen Jungs beim Anblick eurer nicht verdeckten Haut schon ganz
wuschig geworden."

Kichernd gestand ich diese Anschuldigungen ein und schwelgte gleichzeitig in alten Erinnerungen, als wir noch absolute Partymäuschen waren und dabei so allerhand Männerherzen brachen. Mittlerweile standen nur noch schmierige oder zwielichtige Typen auf solch übermäßig freizügige Bekleidung. Wir mussten uns also dem Alter entsprechend kleiden.

"Was heißt hier unserem Alter entsprechend? Sind wir etwa schon alte Greise? Noch sind wir knackige Mittzwanziger! Klar, bauchfrei sollten wir nicht mehr rumlaufen und Ausschnitte, bei denen die Brüste fast raushüpfen, sollten allerdings vermieden werden."

"Du hast Recht, wir denken halt nicht mehr nur noch an den gewissen Sexappeal, sondern an den Tragekomfort mit einer schlichten Schönheit.", kommentierte ich grinsend und zwinkerte Elfi zu.

"Weniger ist ja bekanntlich mehr."

Damit wandten Gustl, meine Freundin und ich uns wieder mit voller Aufmerksamkeit unseren Getränken zu, sodass unser zukünftiger Wettmeister mit seinen Erläuterungen beginnen konnte.

Kapitel 2

Nun denn, ihr beide wollt also endlich eine vernünftige Arbeit und als Bonus obendrein einen Mann, der natürlich der Traummann schlechthin ist. Der einfache Weg wäre zum Arbeitsamt zu gehen, sich beraten zu lassen - fertig. Aber da ihr zwei etwas Besonderes wollt, gebe ich euch einige spezielle Möglichkeiten, die ihr ausschöpfen solltet. Danach könnt ihr ja immer noch die langweiligere Alternative wählen. Und bitte, verspricht mir eins! Keine extraordinären Berufe, die überhaupt kein Mensch kennt oder die unmöglich zu erreichen sind. Wählt ausgesprochen weise nach euren Talenten und Vorlieben aus. Außerdem habt ihr dabei einen gewissen Zeitrahmen zu erfüllen, um eure Ziele zu erreichen. In spätestens einem Jahr versammeln wir uns wieder hier, falls es diese Veranstaltung noch einmal geben wird und schauen, welche Erfolge ihr verbuchen konntet. Ihr sollt euch Jobs und Männer suchen und hier sind eure Lokalitäten und Optionen: Diverse Chatrooms, Stellenmärkte, Zeitungen, Mund zu Mundpropaganda oder irgendwelche Aushänge in Schaufenster oder bei Firmen."

"Soweit ist mir alles klar, aber was meinst du mit der Mundpropaganda?", wandte ich stirnrunzelnd ein.

"Ja, freie Arbeitsstellen erfährt man zum Beispiel beim Friseurbesuch, über Freunde oder Bekannte, das ist doch ganz simpel. Vielleicht hat irgendeine Freundin im Bekanntenkreis jemanden, der einen Job wüsste oder sogar Single ist. Dann wird schnell ein Dinner unter Freunden arrangiert und voila! Mann und Job auf einen Streich."

„Oh, ja. Dann bin ich aber einmal gespannt, ob das klappen auch wird."

„Verlasst euch bloß nicht darauf, vielleicht biegt er einfach mal um die Ecke, wenn ihr es am wenigsten erwartet! Nichts ist unmöglich."´

Grübelnd über die teils ungeahnten, aber dafür doch so simplen Möglichkeiten standen Elfi und ich bloß noch eine Weile stumm da, eher wir uns auf diese Wette von unserem Freund einließen.

„Okay, ich glaube kaum, dass es uns noch schlechter als jetzt gehen kann, also akzeptiere ich die Bedingungen der Wette. Allerdings möchte ich trotzdem noch wissen, was der Wetteinsatz beziehungsweise der Gewinn ist!"

Heimtückisch schmunzelte Gustav mich an, strich sich die Haare aus dem Gesicht und raunte:

"Nix da, meine Hübsche. Überraschung ist die Mutter der Porzellankiste. Aber einen Wetteinsatz gibt es nicht. Ich vertraue ja auf euch. Aber wenn ihr es nicht schafft, dürft ihr einen Monat lang meine Wohnung putzen."

Seine Wohnung.

Der totale Albtraum jeder Putzfrau.

Blankes Chaos, so weit wie das Auge reicht.

Das reinste Paradies für wuchernden Schimmel und überall tummelnde Kakerlaken.

Meterhohe Geschirrtürme, sowie Berge an Schmutzwäsche und zentimeterdicke Staubschichten.

Da half nicht mal ein Swiffer.

Oder Zewa – mit einem Wisch ist alles weg.

Alles Schwindel.

"Willst du uns umbringen? Da geh ich nicht mal mit einem Schutzanzug rein!"

Daraufhin würgte Elfi theatralisch und präsentierte unserem Freund ihren nach oben ausgestreckten Mittelfinger.

„Vergiss es. Nur über meine Leiche."

Darüber lachte Gustav herzhaft.

„Wette ist Wette. Falls ihr gewinnt, gibt es ja auch einen schönen Gewinn für euch."

„Na gut, da wir sowieso gewinnen, würde ich sagen, dass wir uns darauf einlassen, oder Elfi?"

Widerwillig grummelte sie noch ein paar Minuten herum, bevor sie dann doch zustimmte.

„Aber gibt es sonst noch irgendwelche Bedingungen, die wir einhalten müssen?"

Bevor Gustl uns seine Gedanken mitteilte, grübelte er kurz.

„Meine Damen, erstens, ihr braucht mir gar keine Lügen auftischen, dass ihr innerhalb einer Woche schon alles erfüllt habt, denn ich werde alles genau nachprüfen und wenn ich dazu eure Kontoauszüge konfiszieren muss! Zweitens sucht euch wirklich nur etwas Ernsthaftes und keine Nebenjobs mehr.

Wenn ihr mal dabei unsicher seid, probiert es aus und wenn es nicht perfekt für euch ist, lasst es bleiben. Vertraut mir, dies ist der richtige Weg endlich mal in die Puschen zu kommen, dass aus eurem Leben endlich etwas Anständiges wird."

„Muss das Leben denn anständig sein", ließ ich meinem quälenden Gedanken freien Lauf. Ich möchte doch nicht in einem spießigen Reihenmittelhaus enden und dort bis zum Ende meiner Tage mein Leben als Hausfrau fristen.

"Gute Frage, aber anständig bedeutet nicht gleich spießig. Wenn ihr alt und grau seid, wollt ihr doch auf ein erfülltes und glückliches Leben zurückblicken, oder? Das meinte ich damit."

„Oh...ja so sollte es eigentlich sein."

Am Thema Älter werden huschten wir bisher vorbei, ohne näher darauf einzugehen, aber jeden betrifft es irgendwann. In unserer Jugend gab es häufig welche, die mit achtzehn Jahren bereits fleißig Pläne schmiedeten, wie sie ihre Lebenszeit verbringen wollten: Einen Beruf finden und von zu Hause ausziehen, danach heiraten und Karriere machen, natürlich hübsche Kinder kriegen - oder sie nur zeugen, sowie reisen, selbstverständlich ein Haus bauen und irgendwann in Rente gehen, um dann glücklich zu sterben.

Fertig.

Doch ich habe an all dies nie gedacht, meiner Meinung nach würde sich alles früher oder später sowieso von selber und ganz allein ergeben. Anscheinend rückte aber unweigerlich der Zeitpunkt heran, sich damit ernsthaft zu beschäftigen um Zukunftspläne zu schmieden. Dafür dann ellenlange Listen zu erstellen mit den Dingen, die ich alle machen oder erreichen will bis man dem Tod geweiht ist.

Die sogenannte "Löffelliste".

Dabei vermutete ich ganz stark, dass ich dafür eine ganze Klo Rolle benötigen würde, um alles vollständig aufzuschreiben.

"Jetzt mal ganz im Ernst, meine Liebe. Hast du noch nie daran gedacht, wie es wohl in zwanzig, dreißig Jahren in deinem Leben aussehen wird? Hast du dir niemals ausgemalt, wie es so ist, die kleinen Nachfahren von dir in deinen Armen zu schaukeln?"

"Nein, ja, an so manche Dinge hat sicher schon jeder einmal gedacht, aber richtig ernsthaft habe ich mich diesen Gedanken nicht wirklich gewidmet. Außer so naheliegende Ziele, wie einen passenden Mann zu finden."

Da räusperte sich Elfi leise und etwas schüchtern.

"Na ja, ich habe schon in jungen Jahren davon geträumt kleine Elfis zu haben, eine Großfamilie war dafür immer mein Ideal."

"Oh...", entgegnete ich nur, ziemlich überrumpelt von diesem kleinen Geständnis.

"Also für mich ist das keine Überraschung. Elfi wollte schon seit ich denken kann, alle Kinder dieser Welt adoptieren und jeden Zwerg retten. Das passt genau zu dir", kommentierte Gustav zwinkernd und lenkte anerkennend einen Arm um unsere Freundin.

Beeindruckt von diesem geheimen Wunsch musste nun auch ich ein Verlangen loswerden, dass schon länger in mir schlummerte, ich aber bis jetzt erfolgreich verdrängte.

"Ja, wenn wir schon dabei sind, es gibt etwas, nach dem ich mir alle Finger abschlecke, fehlende Zukunftsplanung hin oder her."

"Was denn? Spann uns nicht unnötig auf die Folter, schieß los!"

"Hm...ich wollte singen. Keinen Popkram oder Castingshowschmarrn, nein, Opern oder Musicals! Die Stimme voller Kraft anschwellen lassen und einen gigantischen Saal mit wohltuendem Klang füllen.

Erinnert ihr euch, als wir uns das Musical "Phantom der Oper" angesehen haben? Die unheimliche Stimmung als das Phantom den wunderschönen Opernstar Christine in seine Gewölbe entführte und sie hinreißend begann zu singen? Ihre glockenklare Stimme, die wie die zarteste Schokolade auf der Zunge zergeht, berührt mich jedes Mal wieder und genau so will ich alle anderen Menschen auch erreichen und begeistern können."

Jetzt waren es Gustl und Elfi, die ihre Augen vor Verblüffung weiteten und ihre Kinnlade einfangen mussten. "Was? Glotzt mich nicht so an, mein Gott, ich werde ja wohl noch träumen dürfen.", schmollte ich, peinlich berührt von meinem intimen Geständnis. Denn noch nie sprach ich so ehrlich über meine Fantasien als Sängerin, sondern probte nur klammheimlich in meinem Zimmer kleine Arien aus meinem Lieblingsmusical. Jedoch in so leisen Tönen, dass ich mich nicht einmal selbst hörte. Außerdem legte ich keinen Wert darauf, die Chartspitze zu erreichen, ich wollte nur auf den knarrenden Holzböden der Bühnen von Opern oder Theatern trällern.

Aber solche Berufswünsche waren meist unerreichbar, wenn dabei die Massen von Sängern berücksichtigt werden, die sich allein bei diesen Talentshows bewarben, da kam eine kleine Träumerin aus Bayern auch nicht einen Schritt weiter.

Kapitel 3

Seufzend rollte ich mich auf den Bauch und blickte in die Augen meiner beiden Freunde, die wie ich gerade in den Ereignissen des gestrigen Abends schwelgten.

"Also, Gustl, wie schaut's jetzt aus? War das gestern nur ein gut ausgefeilter Witz von dir oder ist das mit dieser Wette etwa dein purer Ernst?"

"Bitte...du kennst mich. Würde ich euch je aus Jux mit einer ellenlangen Rede zu texten und eine extrem gut durchdachte Wette einfach völlig sinnlos in den Raum werfen?", entgegnete der Herr in unsere Runde entrüstet und drehte mir seinen Hintern zu.

Darauf zuckte ich nur mit den Schultern und schluckte die nächste überfällige Dosis Aspirin.

"Bei euch Männern weiß man das nie. Einmal meint ihr es ernst und dann ist es wieder nur Spaß."

"Ha ha ha. Du müsstest mittlerweile davon überzeugt worden sein, dass ich vollkommen aus der Art schlage. Und ja, die Wette ist nun absolute Realität. Morgen müsst ihr damit anfangen."

"Stimmt, du gehörst einer komplett anderen Spezies an. Du Bauerntrampel."

Während ich mich auf meine Beleidigung konzentrierte, registrierte Elfi überaus entsetzt, dass schon ab Morgen unser ganzes bequemes Leben über den Haufen geworfen werden sollte.

"Waas? Morgen? So früh schon? Och, wieso denn...da müssen wir uns ja heute schon Gedanken machen wie das Ganze ablaufen soll."

Mit einem Schmollmund und verschränkten Armen wandte sie sich von diesem Übeltäter ab und fing damit an, sich gemütlich in eine zweite Decke einzukuscheln.

"Ach Elfi, sonst würdet ihr beiden ja nie und nimmer in die Gänge kommen. Dann wird das ganze Vorhaben nur immer wieder herausgezögert, bis es nicht mehr geht."

"Ja ja, schon gut...", murmelte sie beleidigt in ihrem Deckenberg. Ich hingegen begann mich langsam wieder menschlich zu fühlen und stieg vorsichtig aus dem Bett, dehnte meine einzelnen Glieder und sog den Sauerstoff tief in meine Lungen.

"Okay. Wenn Gusto uns das so vorschreibt, machen wir es auch. Ich muss sagen, dass ich wirklich zum ersten Mal wieder Lust habe, die Gelegenheit beim Schopf zu packen und endlich mein Leben in die entscheidenden Bahnen zu lenken.

„Wie wär's, wenn wir als Schritt Nummer eins erstmal zum Arbeitsamt marschieren und diese elenden Sessel-pupser nerven?"

Da mir unsere liebe Freundin sowieso nie irgendwas abschlagen konnte, nickte sie zustimmend und ließ sich danach wieder in ihre Deckenhöhle fallen.

"Super ihr beiden! Dann ist das gebongt. Ich muss jetzt auch mal aufstehen. wie sieht's aus? Wollen wir uns irgendwo den Magen vollschlagen?"

Top motiviert und gut gelaunt schwang sich nun Gustav aus den Federn und tapste barfuß in Richtung Bad, um sich frisch zu machen.

Mittlerweile war es weit nach Mittag und die leeren Mägen machten sich bemerkbar und deshalb schlenderten wir frisch geduscht und einigermaßen munter aus meinem Hotel in Richtung der Nahrungsbeschaffung. Ein glücklicher Vorteil bescherte uns, dass natürlich nicht unweit von den Hotelanlagen etliche Restaurants und Bars, sowie einige Cafés, als auch zahlreiche Bistros zur Auswahl standen. Dadurch konnten wir tagtäglich in den Genuss kommen zu einem anderen Ort zum Schlemmen zu gehen. Meine beiden Freunde verbrachten nämlich die meisten Nächte bei mir.

Heute entschieden wir uns für ein kleines Bistro zwei Querstraßen weiter, das sich schnuckelig zwischen großen Häuserkomplexen bettete und sich "Le Baguette" nannte.

Den restlichen Tag verbrachten wir also essend und Pläne schmiedend im Bistro, bis sich unsere Wege ausnahmsweise einmal trennten und jeder erschöpft in sein eigenes Bett fiel.

Oh mein Gott, Tag Nummer eins unserer unglaublichen Wette brach an.

Mit zusammengekniffenen Augen spähte ich auf die leuchtend roten Ziffern meines Digitalweckers, die mir die absolut unmenschliche Uhrzeit von sechs Uhr gnadenlos bescheinigte. Argh!

Dabei schoss mir nur ein Gedanke in den Kopf:

Schön im Bett bleiben, die flauschigen Decken eng an mich geschmiegt und weiterschlafen bis in die Puppen. Aber nein, heute soll der Beginn einer neuen Ära in meinem Leben anbrechen und zu diesem Anlass einigten Elfi und ich uns darauf die übliche Aufstehzeit der arbeitenden Bevölkerung zu wählen, um damit unseren guten Willen zu beweisen.

Vorsichtig angelte ich mich aus dem hohen Hotelbett hinaus und schlurfte mit müden Schritten in das weiß gekachelte Bad. Dort erschrak ich zuerst einmal gewaltig.

Himmel, wer war denn diese Horrorgestalt?

Mit Augen so klein wie Knöpfe und überaus tiefen Augenringen starrte ich entsetzt mein Abbild im Spiegel an. Oh. Dabei handelte es sich ja um mich.

Also fing ich damit an, mich durch die tägliche Waschstraße des Morgens durch zu kämpfen, bis ich mich wieder halbwegs als Mensch fühlte und nicht wie die kleine Nichte von Gollum.

Dann legte ich noch eine ordentliche Duftwolke meines besten Nuttendiesels auf, ehe ich zum Frühstück in mein Bett zurückkehrte.

Übrigens, der Grund weshalb ich so reichlich das Stinkewässerchen benutzte, ist nicht etwa meine Eitelkeit, sondern weil heute der Besuch beim Arbeitsamt auf der Tagesordnung stand und ich einen bleibenden Eindruck beziehungsweise Duft hinterlassen wollte. Nur um das einmal klar zu stellen.

Genüsslich biss ich in den kalt gewordenen Toast und spülte die trockenen Brösel mit genügend Orangensaft hinunter. Unter der Woche gab es nämlich keine stinkenden Croissants, nur leicht gebräunten Toast, ganz zu meiner Freude.

Nachdem ich meinem Hotel den Rücken zuwandte, packte ich meine alte Ledertasche am Riemen, die mir noch aus Schulzeiten übrigblieb und lief schnellen Schrittes zur U-Bahn, um Elfi von zu Hause abzuholen.

Da sie unter chronischem Geldmangel litt, wohnte die Dame nämlich noch bei ihren Eltern, die es nur unter Einfluss reichlich Alkohol und Wimpernklimpern inklusive des reumütigen Dackelblicks akzeptierten.

Die U-Bahn-Station lag nicht weit von meinem Hotel entfernt und dank meines außerordentlichen Glücks kam die nächste Bahn erst wieder in einer halben Stunde.

Ein Hoch auf Verspätungen!

Ah, aber wenigstens war noch einer dieser urgemütlichen Eisenstühle frei, die den Hintern so unglaublich wärmten. Pff.

Aber bei öffentlichen Verkehrsmitteln gab es einen sehr interessanten Aspekt, dem ich mich gern bediente. Leute beobachten, die Gespräche mithören und dabei ein halbes Leben erfahren oder sich Empfehlungen für Kleideranregungen holen.

Ein spannender Zeitvertreib, wenn einem ohne Ende langweilig war während der langwierigen Fahr- oder Wartezeit. Oft saß man zwei Menschen egal welchen Alters gegenüber und sie unterhielten sich lautstark über ihre Ereignisse des Lebens.

Neulich hörte ich gespannt zwei jugendlichen Mädchen zu, die ungefähr achtzehn waren und beide geradezu einen richtigen Jugendslang draufhatten.

Jedes zweite Wort war "geil".

"Ach, ich finde das so oberaffengeil, dass ich mit meinem Freund bald zusammenziehe, Alter. Meine Eltern sind zwar voll dagegen, aber ey, es ist einfach geil, die Freiheit genießen, chillen und richtig ultrageile Partys feiern. Ich und mein Alter haben ja ne ganz andere Beziehung, total easy, wenn ich ihn mal betrüge ist das doch auch kein Problem, dann betrügt er mich halt auch mal."

Bei solchen Aussagen müsste mein Mund eigentlich sperrangelweit offen stehen bleiben, was ich mir in diesem Fall nur äußerst knapp und mit viel Mühe verkneifen konnte.

Hallo, geht's noch? Ich betrüge meinen Freund, aber hey, das ist doch normal?!

Also soweit kommt's noch...

Allerdings war ihre Freundin da keinen Deut besser.

"Ach, ich finde das ja so geil, dass du das durchziehst, weißt. Echt obergeil und dann die Party erst bei dir, echt endgeil, Alter."

Ohne Worte.

Mittlerweile trudelte meine Bahn ein und ich stieg in einen überfüllten Waggon, in den ich mich nur mit Müh und Not hineinquetschen konnte. Genial, wieder genau die erwischt, die wie immer brechend voll in das Stadtzentrum fuhr. Wieder einmal ließ ich meinen Blick durch die U-Bahn schweifen und entdeckte ein ausgesprochen attraktives Mädchen im Minirock und dazu blickdichte Strumpfhosen. Für ein solches Outfit erwies ihre Figur als nahezu perfekt, allerdings ein Ausnahmefall, doch vor ihr stand ein Mann um die Vierzig und starrte sie lüstern an.

Immer wieder musterte er sie von oben bis unten, wobei sein Blick stets am Ende des Minirocks hängen blieb. Ein Wunder, dass er dabei nicht zum Sabbern anfing. Widerlich waren solche Kerle, die jungen Dingern hinterhergafften - ohne jegliches Schamgefühl.

Als er in meine Richtung schaute, schickte ich ihm einen Todesblick der härtesten Stufe auf meiner Skala, so dass er hastig auf den Boden stierte.

Dabei musste ich mich unsagbar beherrschen, dass ich ihm nicht in die Edelsten stiefelte.

Pfui Teufel!

Zu ihrem Glück stieg das junge Mädchen dann bei der nächsten Haltestelle aus und der Gaffer suchte sich ein neues "Opfer" an dem seine Augen pappen bleiben konnten.

Nun wandte ich mich anderen Menschen zu und prompt fing in der Nähe der Türen ein Streit an. Ein älterer Herr maulte gerade einen anderen Fahrgast an, dass er ihn doch gefälligst vorbeilassen solle, er müsse unbedingt bei der nächsten Station aussteigen.

Aber da beim besten Willen wirklich kein Platz vorhanden war, den der Angesprochene frei räumen konnte, sagte er nur, dass die anderen Leute da auch aussteigen würden. Darüber regte sich der Opa so auf, was ihm denn einfalle, ihn keinesfalls vorbei zu lassen, ob er keinen Respekt vor dem Alter hätte. Mit seinem Gerede kochten die Aggressionen hoch und seinem mordlustigen Blick nach zu urteilen, stand er kurz davor den jungen Mann anzugreifen. Gott sei Dank hielt just in dem Moment die Bahn an, sodass sich die ersten Fahrgäste heraus aus der Beklemmung treiben ließen.

Der ältere Mann ließ es sich trotzdem nicht nehmen, den männlichen Fahrgast ordentlich herauszuquetschen und schubste dafür ein paar Mal kräftig seinen Vordermann.

Schwupps, der Streithahn war draußen!

Also beim besten Willen, in den öffentlichen Verkehrsmitteln wimmelte es nur so vor Verrückten, mich eingeschlossen. Aber zumindest begaffte ich keine anderen Menschen oder wurde aggressiv. Dabei blieb ich unauffällig im Hintergrund und genoss die Szenerie mit einem leichten Schmunzeln im Gesicht.

Langsam fuhr die Bahn auch in meine Haltestelle ein und ich zwängte mich zum zweiten Mal heute durch den enormen Auflauf der Menschenmassen.

Puh!

Ein kurzer Blick von mir schweifte über den Bahnhof und schon entdeckte ich Elfi, die vollkommen apathisch einen Automaten mit uralten Süßigkeiten und Snacks darin anstarrte. Denn sie hatte eine Schwäche für NicNac's, diese Nüsse mit einer Knusperummantelung.

Lautlos schlich ich mich von hinten an sie heran und packte sie an den Schultern.

"Also allein vom Hypnotisieren springen dir die Nüsse nicht in den Mund."

"Himmel Herr Gott!", schrie meine kleine Nussliebhaberin und fuhr sichtbar empört herum.

Bevor sie jedoch zu einem Wortschwall übelster Schimpfwörter ansetzen konnte, entdeckte Elfi, wer der Übeltäter war.

"Ach, du! Hätte ich mir ja gleich denken können. Solche Sprüche können nur aus deiner Schnauze stammen."

"Natürlich, ich bin die Ausgeburt des Bösen."

Zur Begrüßung knuffte ich sie noch einmal ordentlich in die Seite und wir bewegten uns in Richtung Arbeitsagentur. Besonders viel erwarteten wir nicht von den Beratern, aber man konnte ja dennoch ein bisschen Glück haben.

"Du hast dich aber heute fein herausgeputzt! Sogar eine schwarze Anzughose, gratuliere."

"Man will ja auch mal einen guten Eindruck hinterlassen, nicht wahr?", antwortete ich grinsend mit einem Seitenblick auf ihre glänzende Lederhose.

"Lack und Leder, dazu war ich heute einfach in der richtigen Stimmung dafür!", meinte sie achselzuckend und präsentierte mir ihre enge schwarze Lackweste.

"Also mit dem Busenquetschoberteil bekommst du hundert pro einen Job, als Stammmatratze unseres Beraters!"

"Ja, ja, ich wollte nur meine Individualität unterstreichen."

"Ach so, Sex auf zwei Beinen ist also die Abhebung von der Menge?"

Auf diesen Konter erhielt ich nur einen feindseligen Blick und wir stampften weiter ins Gewühl der Stadt.

Die Morgensonne schien uns bereits kräftig auf den Rücken und lockte die Menschen aus ihren Häusern.

Nach gefühlten fünf Gehminuten erreichten wir einen riesigen Betonklotz mit einer roten wehenden Arbeitsagentur-Fahne im Wind.
"Schaut sehr einladend aus..."
Die etwas dreckigen Eingangstüren führten uns in das sterile Innere der Agentur. Schon sprinteten uns die ersten Berater entgegen, allerdings nicht um uns zu empfangen, sondern, um schnell in das Treppenhaus zu verschwinden.
Es herrschte reger Betrieb. Eine Weile standen Elfi und ich ratlos und orientierungslos im Eingangsbereich.
Aber nicht lange, denn schon wurden wir von rennenden Mitarbeitern weggesprengt.
"Oh mein Gott, hier geht es zu wie im Affenstall, überall flitzen Menschen umher...oh und die gewaltigen Schlangen an den Schaltern."
Ich schaute ebenfalls in Elfis Richtung und entdeckte die meterlangen Menschenmassen, die darauf warteten von irgendeinem Beratungsfuzzi aufgenommen zu werden. So viel zum Thema, mal schnell im Arbeitsamt vorbeischauen.
Dies konnte sich noch etliche Stunden hinziehen.
"Also entweder den Tag in einer Schlange verbringen und ewig auf den Beinen stehen oder wir gehen jetzt einen Kaffee trinken."
"Ganz deiner Meinung, weg hier."
Wir machten prompt auf dem Absatz kehrt und verließen fluchtartig das Gewühl der Arbeitslosen.

Als wir uns in das nächstbeste Café zurückzogen und

genüsslich unsere Cappuccinos mit extra viel Schaum schlürften, kroch in uns das schlechte Gewissen hoch.

"Hm... meinst du nicht, dass Gustl ziemlich enttäuscht sein wird, wenn wir den Arbeitsamt Besuch einfach so gecancelt haben?"

"Ach, Elfi, wann haben wir mal einen Menschen in unserem Leben nicht enttäuscht?"

"Du hast schon Recht, aber es ist doch unser Gustav! Wir haben es ihm doch versprochen..."

Mit sorgenvollem Ausdruck in den Augen wartete sie auf eine Lösung von mir, die unser Pflichtbewusstsein wieder beruhigte. Grübelnd rührte ich in meinem lauwarmen Schaumkaffee herum und hoffte dabei auf einen Geistesblitz.

"Ha, wer hat denn überhaupt gesagt, dass wir zum Arbeitsamt müssen? Wir brauchen uns gar nicht schuldig fühlen! Schließlich suchen wir einen Job und einen Mann. Das kann man auch ohne diese Agentur hinkriegen."

Währenddessen lugte ich zum Nebentisch und zu meinem Glück lag dort auch schon der Walddorfener Anzeiger bereit. Mit einem Griff wurde er auch schon auf unserem Tisch verfrachtet und wir blätterten schnell zu den Stellenanzeigen.

Gerecht aufgeteilt bekam jeder zwei Seiten, die jeder für sich sorgfältig nach der passenden Stelle durchforstete.

"Na, wie wär's mit einer Stelle als Tippse?"

"Ha ha, du Witzbold, ich bin schon froh, wenn ich so einen Computer überhaupt anbekomme.", meinte Elfi und las weiter, "irgendwie suchen die tausend Steuerfachangestellte und Dutzend Mechatroniker. Ist ja langweilig."

"Manchen gefällt die Arbeit mit staubtrockenen Zahlen und andere schrauben gerne irgendwo rum. Macht man das überhaupt als Mechatroniker?"

"Keine Ahnung, Hannah, da fragst du die Falsche." Irgendwie war unter all den Angeboten nicht das Passende für uns dabei, bis ich auf diese Anzeige stieß:

SpeedDating - wer einsam bleibt, ist selber schuld!

"Ui, schau mal Elfi, wäre das nichts für uns?"

"Lies mal vor."

"Rufen sie bei uns an und lernen sie ihren Traummann oder ihre Traumfrau kennen! Zehn Frauen, zehn Männer, zehn Minuten. Sie entscheiden, wen sie wiedersehen wollen oder nicht. Jeden ersten Donnerstag im Monat um siebzehn Uhr im Gasthaus "Zum goldenen Löwen"."

Nachdem ich die interessante Anzeige vorlas, schauten Elfi und ich uns in die Augen und grinsten uns breit an. Das war genau unser Ding.

"Na dann, am Donnerstag geht's auf zum Speeddaten!" Schon stieg die Vorfreude in uns auf wie ein mit Helium gefüllter Ballon und ein riesiges Lächeln breitete sich auf unseren Gesichtern aus. Es tat gut, wenn man Erlebnisse vor sich hatte, die einem Spaß bereiten würden und dass unser Ziel eventuell ein ganzes Stückchen näher rückte.

"Wollen wir uns zur Feier des Tages noch ein wenig Torte gönnen?", sagte Elfi und schielte bereits zur Kuchenauslage rüber, die gefüllt war mit cremigen Sahnebomben und fruchtigen Obstschnitten, die einem das Wasser im Mund zusammenlaufen ließ.

"Da habe ich nichts dagegen. Was willst du denn? Oder warte, lass mich raten! Die dänische Sauerrahmtorte und ein Stück Schwarzwälder Kirsch! Habe ich Recht oder habe ich Recht?"

Augenrollend antwortete mein kleines Schleckermäulchen:

"Natürlich liegst du vollkommen richtig. Diese Torten sind einfach die Creme de la Creme!"

Wir winkten den Kellner heran und bestellten die Kalorienbomben für Elfi und eine leckere Donauwelle mit knackiger Schokolade für mich.

Als die Naschereien serviert wurden, aßen wir mit gutem Appetit und plauderten noch über unsere weitere Vorgehensweise, schließlich durfte das Speed Dating nicht unser einziges Vorhaben sein.

"Was hat Gustl denn noch alles vorgeschlagen? Du kennst mich, ich steige doch bei der Hälfte aus, wenn er ewige Reden schwingt."

"Hm...lass mal überlegen." Ich schluckte ein Stück Torte herunter. "Arbeitsamt hat sich von selbst erledigt, dann das Speeddating, ach genau und dann gäbe es noch das liebe Internet oder Aushänge im Supermarkt."

"Glaubst du wirklich, dass im Supermarkt Kontaktanzeigen an die Pinnwand geheftet sind?"

"Nein, doch keine Liebesannoncen, du Dummerchen. Jobangebote!"

"Ach genau, da war ja noch was. Ich hätte mich jetzt voll und ganz auf die Männer konzentriert."

"War ja klar. Mach doch du so eine Anzeige. Sarkastische, mies gelaunte und rotzfreche Domina sucht für Sklavendienste einen stattlichen Mann, der keine eigene Meinung hat und die Arbeit sowie die Peitsche nicht scheut."

"Ha, ha, du Witzbold!", entgegnete ich und warf meiner Freundin einen giftigen Blick mit zusammen gekniffenen Augen zu, "was steht dann in deiner Anzeige? Fresssüchtiger, unentschlossener, weiblicher Zwerg wartet auf ihren Traumprinzen, der möglichst viel Geld in der Tasche haben sollte und entweder ein Konditor oder Stuntman sein sollte."

"Wieso denn Stuntman?"

"Das fragst du doch jetzt nicht ernsthaft, oder, Miss Tollpatsch?"

"Ja, schon kapiert. Nun aber mal im Ernst, was steht als nächstes auf unserer Liste?"

"Na dann gehen wir doch gleich in den nächsten Supermarkt und gucken mal auf so ein schwarzes Brett! Mehr als leer ausgehen können wir ja nicht."

Wir tranken den letzten Schluck aus unseren Cappuccino-tassen und pickten die restlichen Krümel von den Tellern, ehe wir bezahlten und uns auf den Weg zu einer Einkaufsmöglichkeit machten.

Der nächste Supermarkt war nicht weit, hier lag schließlich alles nah beisammen und wir liefen mit unseren sehr unterschiedlichen sowie Aufsehen erregenden Outfits zum schwarzen Brett, das gleich im Eingangsbereich befestigt war und nur so überquoll vor Zetteln.

Die Menschen, die an uns vorbeigingen, starrten uns mit weit aufgerissenen Augen an, als wären wir von einem Planeten außerhalb unseres Sonnensystems hierher gebeamt worden.

Dabei trugen wir nur gewöhnungsbedürftige Kleidung, zumindest ich konnte behaupten, wenigstens stilvoll gekleidet zu sein, was natürlich nicht zur Alltagsgarderobe der Supermarkt-Kunden gehörte. Aber Menschen waren immer empfindlich, was außerhalb der Norm lag. Kaum hob man sich ein bisschen von der Masse ab, wurde man wie ein Tier im Zoo begafft und als "Sonderling" abgestempelt. Da konnte man bloß mit den Augen rollen und sich mit dieser Tatsache abfinden. Jedem das Seine, mir das meine.

Zettel für Zettel gingen wir die Anzeigen durch und wühlten uns durch die Unordnung.

"Und schon was Passendes gesichtet?"

Jetzt sah Elfi von ihrem gelben Stück Papier auf und schüttelte bedauernd den Kopf.

"Nein, ich habe noch nichts gefunden. Wie sieht es auf deiner Seite aus?"

"Na ja, wenn dein Traumjob Putzfrau in einem Sechs-Personen-Haushalt ist, dann ja."

"Ich muss dankend ablehnen, ich bin froh, wenn ich es geschafft habe mein Zimmer von Staubfusseln zu befreien."

"Tja, dann entgeht dir die Chance deines Lebens! Oder wie wäre es hiermit?

Suche jung Frauen für Film. Gute Bezahl.

Klang doch vielversprechend! Besonders wenn man sich so kurz und knackig ausdrückt ohne jegliche Artikel zu verwenden."

"Klar, der sucht bestimmt ein paar heiße Frauen für seinen "Film" im Schlafzimmer, die er dann für lau durchvögeln will."

"Na na, wer wird denn hier gleich so ordinär? Das ist doch mein Part!", entgegnete ich schmunzelnd und griff nach dem nächsten Blatt.

Nach einer halben Stunde erfolgloser Suche gaben wir schließlich auf und wandten uns leicht enttäuscht zum Ausgang, als mich jemand von hinten an die Schulter pikste.

Überrascht von dieser unerwarteten Berührung, drehte ich mich um und blickte in die freundlichen Augen von Amelie, die als Empfangsdame in dem Hotel arbeitete, in dem ich residierte. Sie war eine kleine sowie zierliche Person mit klaren blauen Augen und einer wunderbaren Ausstrahlung. Die krausen Haare trug sie stets zu einem strengen Dutt nach hinten gebunden, um sie zu bändigen.

"Ach, Amelie, was machst du denn hier?"

"Hallo Hannah, natürlich einkaufen! Gut, dass ich dich mal außerhalb des Hotels treffe. Ich muss dringend mit dir reden."

Da ich ja schon seit einiger Zeit dort nächtigte, war ich mit fast allen Hotelangestellten per du. Allerdings wunderte es mich, dass Amelie anscheinend etwas Wichtiges mit mir zu besprechen hatte. Unser Geplänkel an der Rezeption beschränkte sich lediglich auf zumeist belanglose Themen.

"Was ist denn los? Wenn es dich nicht stört ein Stück mit uns zu gehen, können wir gleich reden."

Nun bemerkte Amelie erst jetzt Elfi an meiner Seite und begrüßte sie mit einem kurzen Nicken, dass meine Freundin mit einem Lächeln erwiderte.

"Klar, kein Problem."

Die Hotel Rezeptionistin schulterte ihre prall gefüllte Einkaufstasche und so verließen wir drei Frauen den Markt und schlenderten gemütlich in Richtung der Straße.

"Also rück schon raus mit der Sprache, was gibt's?", sagte ich überaus gespannt, welche Neuigkeiten mich erwarteten.

Daraufhin stieß Amelie einen schweren Seufzer aus und blickte mich mit besorgten Augen an.

"Du weißt doch, dass wir im Moment eher spärlich besetzt sind mit Personal und unser Chef mittlerweile ausflippt, wenn man nur einen einzigen Tag frei haben möchte. Nun ja und nun bin ich auch noch schwanger."

"Was? Gratuliere, das sind doch gute Nachrichten!"

"Eben nicht. Also was das Baby betrifft schon, aber bezüglich der Arbeit eher weniger. Wenn ich jetzt auch noch wegfalle, haben wir niemanden mehr für den Empfang. Und am Arbeitsmarkt sieht es eher schlecht aus, derzeit möchte keiner als Empfangsdame arbeiten. Jeder strebt nach größeren Herausforderungen. Ich hatte gehofft, dass du eventuell jemanden weißt, der für diese Arbeit geeignet ist, schließlich kennst du unseren Betrieb wie deine Westentasche. Ich greife wirklich nach jedem erdenklichen Strohhalm. Ich kann meine Kollegen nicht einfach im Stich lassen, da hätte ich ein furchtbar schlechtes Gewissen."

"Okay, ich werde mich umhören, ich hoffe, dass ich dir helfen kann!"

"Dankeschön, Hannah. Das hoffe ich auch. Gib mir einfach Bescheid, du weißt ja wo du mich findest. Ich muss auch los in die Arbeit, die Mittagspause ist gleich vorbei. Danke nochmal und bis später!", verabschiedete sich Amelie und eilte nach einem kurzen Winken im Laufschritt zum Hotel "Vier Grüben".

Sofort verpasste mir Elfi einen kräftigen Schlag auf den Hinterkopf verbunden mit ihrer bösen Zwergen Miene.

"Au, wofür ist das denn?", schrie ich auf und rieb mir verärgert den Kopf.

"Mensch, bist du blöd? Das ist doch ein Wink des Schicksals! Sonnenklar! Der Job ist für dich, du blindes Huhn!"

"Hä? Wie jetzt?"

"Also dafür, dass du ständig die Oberkluge spielst, stellst du dich jetzt ziemlich blöd an. Dir ist diese Arbeitsstelle gerade auf einem Silbertablett serviert worden."

Langsam nahmen auch die letzten Hirnwindungen wieder ihre Arbeit auf und ich realisierte nach meiner Begriffsstutzigkeit erst jetzt, dass es sich doch dabei um einen genialen Zufall dabei handelte.

Diese Stelle im Hotel war meine!

"Aber ich habe doch keinerlei Qualifikationen für diesen Beruf. Ich weiß nicht mal richtig, was mich überhaupt dort erwartet. Warum sollte also ausgerechnet ich genommen werden?"

Nach dieser Erklärung legte Elfi ihren Kopf in Schräglage und sah mich mit hoch gezogenen Augenbrauen an. "Du wohnst seit geraumer Zeit in diesem Hotel, kennst praktisch alle Mitarbeiter des Hauses und du weißt natürlich, was eine Rezeptionistin macht, schließlich rennst du jeden Tag zu einer hin und sabbelst ihr die Ohren voll. Demnach bist du bestens geeignet. Es wird Zeit, dass du loslegst und gleich eine Bewerbung schreibst!"

Kapitel 4

Jedes Mal frage ich mich wieder, warum manches im Leben so verzwickt und kompliziert sein musste wie die Personenbeförderung mit dem Zug.

Aber na ja, auch wenn ich ewig darüber meckere, saß ich nun trotzdem hier, der Schweiß durchtränkte langsam meine sorgfältig und mühevoll frisierten Haare, die nun eher wie eine Föhnwelle von Madonna aussahen, anstatt meines favorisierten Glatte-Haare-Looks. Denn wieder einmal schaffte es das Zugpersonal der Deutschen Bahn nicht die Klimaanlage nach, natürlich verzögertem Fahrbeginn, auf eine angenehme Temperatur zu regulieren. Aber da ich mir als chronischer Pleitegeier keine erste Klasse leisten konnte, musste ich mir wohl oder übel mit einem selbst gebastelten Fächer angenehme Luft zu wedeln. Mit einem langen Seufzer, der nicht ohne einen schrägen Seitenblick der anderen Passagiere von statten ging, rutschte ich in meinen Sitz und versuchte so gut wie möglich der Fettwulst meines Nachbarn auszuweichen. Gelang leider nicht, denn von dem Doppelsitzer nahm der opulente Bauch des Herrn ungefähr drei Viertel des Platzes ein. Gott sei Dank hatte ich keinen zu gigantischen Pferdehintern, so dass ich circa einen Millimeter Spielraum zum Atmen hatte. Jedoch blieb bei mir nicht unbemerkt wohin mein Sitznachbar mit seinen kleinen Schweinsäuglein starrte, DAS war ich schon gewohnt, doch wenn man Zug oder U-Bahn fuhr, nahm es leicht perverse Ausmaße an.

Da ich die unglückliche Besitzerin zweier Brüste der Größe von Melonen war - okay, nur Honigmelonen, aber die waren groß genug - wurde ich im Sommer tagtäglich Opfer von unfreiwilligen Blickkontakten mit alten Lustmolchen - wenn ich mich nicht in meine typische schwarze Wallekleidung verhüllte - und würde am liebsten zum Messer greifen und schnurstracks diese schwanzgesteuerte Ansammlung von Gaffern kastrieren.

Mittlerweile baumelten meine Brüste dank der Schwerkraft ohne Büstenhalter in Richtung Kniekehle und lenkten nicht mehr so viel Aufmerksamkeit auf sich wie in meiner Zeit als Teenager.

Warum ich überhaupt im Zug saß und mich diesem Chaos freiwillig hingab?

Nachdem Elfi und ich uns in die Freuden des Schreibens von Bewerbungen stürzten und nach diesem langen ersten Tag erschöpft in die Federn sanken, meine kleine Freundin übernachtete wieder einmal bei mir, beschlossen wir am nächsten Tag, meine Bewerbung dem Hotelchef persönlich zu überreichen und Elfis Umschläge dem Briefkasten auszuhändigen. Einfach querbeet bewarb sie sich bei Kindergärten und dem ortsansässigen Krankenhaus, es konnte ja nicht schaden.

Bei einem Spaziergang im Stadtpark fiel uns allerdings dann etwas auf. Wenn ich die Stelle wirklich bekommen würde, lebte ich ja theoretisch in meinem Arbeitsumfeld und konnte deswegen jederzeit zum Dienst gerufen werden.

Eine schreckliche Vorstellung, da waren wir uns einig. Wer wollte schon freiwillig immer in der Arbeit sein? Niemand.

So hatten wir gestern kurzfristig beschlossen, uns eine Wohnung zu mieten - eine kleine Zwei-Frau-Wohngemeinschaft.

Ich war nun auf den Weg zu Elfis Eltern, die etwas außerhalb von Walddorf lebten, um sie um eine kleine Finanzspritze zu bitten.

Schließlich konnten wir uns eine Kaution noch nicht leisten und hatten auch keine Möbel - mal abgesehen von der ranzigen Ausstattung in Elfis Kinderzimmer - aber wir würden es ratenweise zurückzahlen sobald wir die ersten Löhne einkassiert hatten. Ein vernünftiger Plan in unseren Augen und die Eltern waren normalerweise sehr großzügig und gutmütig.

Die grüne, hügelige Landschaft zog an meinem verdreckten Fenster vorbei und ließen mich ein wenig schläfrig werden. Bäume säumten die kleine Landstraße, die parallel zur Bahnstrecke verlief und ich konnte den Herbst förmlich riechen. Bunt gefärbte Blätter in all ihren Facetten zierten die Natur und mein zumeist sarkastisches Gemüt wurde dadurch sanft und ruhig gestimmt. Ich dachte an die ungewisse Zukunft, die mich erwartete und blickte in die zurückliegende Zeit, die an sich nicht verkehrt war, doch immer gab es eine bestimmte Unbeständigkeit, die das Leben zwar aufregend machte, jedoch sehr nervenaufreibend war.

Daher sehnte ich mich nach Ruhe und Ordnung, war das Chaos doch permanent anwesend.

Mit einem Ruck kam der Zug zum Stehen und riss mich aus meinen grüblerischen Gedanken. Zeit zum Aussteigen. Darum schnappte ich mir meine kleine, lila gemusterte Umhängetasche und zwängte mich ohne zu Atmen an meinem dicken Sitznachbarn vorbei.

Flupp! - ploppte ich wieder in die Freiheit.

Ich holte tief Luft und grinste.

Endlich nicht mehr in der stickigen Gegenwart dieses Mannes. So oder so war ich ein seltsames Geschöpf, aber die gezwungene Nähe von mir unbekannten Menschen konnte ich nicht ausstehen.

Nun ging ich den Bahnsteig entlang zum Ausgang und sah Elfi bereits draußen bei den Taxis stehen. In der einen Hand ihre giftgrüne Handtasche und in der anderen - natürlich - einen halb aufgegessenen Schokoriegel. Wie sonst auch trug sie ein gewöhnungsbedürftiges Outfit, ganz ihrer Individualität entsprechend. Enge, cremefarbene Jeans mit hellrosa Blüten bestickt sowie eine luftige Bluse in knallpink schmückte ihren kleinen, molligen Körper. Im langen, blonden Haar trug sie eine Orchideen-Haarspange in derselben mädchenhaften Farbe wie die Bluse und ihre Schuhe leuchteten mir auch in einer rosafarbenen Variante entgegen.

Allein ihre Handtasche stach ins Auge, da sie so gar nicht zu diesem Ensemble passte.

Ich trat auf mein extravagantes Modewunder zu und begrüßte sie herzlich mit einer Umarmung.

"Morgen Hannah. Na wieder sentimental gestimmt? Sonst wird man doch mit einem sarkastischen Kommentar von dir begrüßt? Ich hatte zumindest einen bissigen Satz zu meiner Kleidung erwartet. Tz tz, auf dich kann man sich auch nicht mehr verlassen."

"Ich muss auch mal meine guten Tage haben, also sei still, du Leuchtreklame."

Mit einem Lächeln auf den Lippen begleitete mich meine Freundin zu ihrem Elternhaus, das idyllisch zwischen anderen Reihenhäusern lag und sich nur durch die grelle Hausfarbe unterschied.

Ein himmelblauer Anstrich verschönerte das Heim und ließ sofort erkennen, woher Elfi ihre Vorliebe für kräftige Farben hatte.

Die große, weiße Haustür wurde geöffnet und Elfis Vater stand mit offenen Armen im Eingang.

"Hannah, schön dich mal wieder bei uns zu sehen! Was macht euer Plan? Elfriede hat mir schon einiges berichtet, anscheinend lenkt ihr Rabauken euer Leben jetzt in geregelte Bahnen?"

Während mich Papa Peter fest drückte, strömte ein wohliges Gefühl durch meinen Körper und ich fühlte mich wieder wie ein Kind. Peter und Alma, Elfis Mutter, waren sozusagen meine Ersatzeltern, nachdem mich meine vor langer Zeit verstoßen hatten aufgrund meines ausschweifenden Lebensstils.

Meine Eltern waren bodenständig, der Vater ein Banker und die Mutter eine Vollbluthausfrau. Sie wohnten in diesem spießigen Reihenhaus, das ich nun so hasste. Meine Kindheit war nicht schlimm, jedoch auch nicht von sonderlich viel Liebe geprägt. Erst als ich in der Jugend meinen eigenen Kopf entwickelte und genau das Leben vermied, dass meine Erzeuger sich von mir wünschten, trennten sich so langsam aber sicher unsere Wege. Bereits mit sechzehn Jahren packte ich meine Habseligkeiten und zog zu Elfi ins Zimmer. Weit weg von dem monotonen, fest gefahrenen Bahnen, die meine Eltern niemals verließen. Seitdem hatte ich keinen Kontakt mehr zu ihnen und legte auch keinen Wert darauf. Sie wohl auch nicht, denn eine Nachricht oder einen Anruf habe ich nie erhalten.

Da auch keine große emotionale Bindung bestand, machte ich mir darüber auch selten Gedanken. Die Tatsache wurde so akzeptiert und damit war das Kapitel erledigt. Ich hatte ja dafür Alma und Peter, die mich umso mehr liebten, wie umgekehrt genauso.

Jetzt erschien auch Alma im Türrahmen und begrüßte

mich auch mit einer Herzlichkeit, die mein Herz zum Springen brachte. Elfi wurde ebenfalls stürmisch umarmt - die ganze Familie hatte so ein sanftmütiges Wesen, das jeden Pessimisten zum Strahlen bringen konnte. Dann betraten wir das Haus und wurden in die weiträumige Küche geleitet, in der schon ein üppiges Frühstück darauf wartete, verspeist zu werden. Duftende Pfannkuchen stapelten sich auf blümchenverzierten Porzellantellern, während alle möglichen Marmeladenvariationen in Einmachgläsern neben Nussnougatcreme und Butter den Tisch füllten. In einem kleinen Korb lagen dampfende Croissants und frisch gebackene Semmeln. Zusätzlich stand ein gläserner Krug mit frisch gepresstem Orangensaft auf dem Tisch.

"Setzt euch, jetzt wird erst einmal der Magen gestärkt, bevor ihr uns mit eurem Anliegen bestürmt."

Kräftig wurde von allen Seiten zugelangt und in weniger als einer halben Stunde blieben von diesem üppigen Festmahl nur noch ein paar einsame Krümel übrig.

"Nun denn, was liegt euch beiden denn auf dem Herzen?", sagte Alma während sie sich mit einer rot gepunkteten Serviette den Mund säuberte.

"Also, wir beide", Elfi deutete auf mich und sich selbst, "wollen den Schritt in die Eigenverantwortung endlich wagen und selbstständig werden, Wir würden uns gerne eine eigene Wohnung mieten. Aber da uns momentan das nötige Kleingeld dafür fehlt, wollten wir euch um einen kleinen Vorschuss bitten, den ihr natürlich so schnell wie möglich wiederbekommt! Die ersten Bewerbungen sind geschrieben und Hannah hat eine Vollzeitstelle so gut wie in der Tasche. Aber in einem Lebenslauf sieht es auch besser aus, wenn man nicht mehr zuhause oder im Hotel wohnt. Ihr wisst ja, dass Arbeitgeber alles nachprüfen, wenn ihnen der Sinn danach ist. Deshalb diese riesengroße Bitte an euch."

Hoffnungsvoll blickte Elfi nach ihrer Rede zu ihren Eltern.

"Eine Finanzspritze also? Hm..."

"Wenn ich noch etwas einwerfen dürfte, Frau und Herr Bergbauer. Uns würde diese Geste unglaublich viel bedeuten und ich wäre euch so dankbar, wenn ihr uns ein letztes Mal unter die Arme greift, damit wir in unserem Leben endlich was auf die Beine stellen könnten."

Die beiden sahen sich in die Augen und nickten einstimmig.

"Das ist doch fast selbstverständlich, dass wir euch da helfen! Ihr müsst uns nur versprechen, dass Geld sinnvoll zu investieren und nicht damit um die Häuser zu ziehen, gell? Außerdem wünscht sich Peter doch schon so lange ein eigenes Zimmer für seine Sammelstücke."

Stolz schaute Elfis Vater auf seine Bierkrug Sammlung, die er in der ganzen Küche Krug für Krug fein säuberlich nebeneinander auf Regalbretter aufreihte, die sich langsam aber sicher unter der Last durchbogen.

"Ehrlich? Oh, ihr seid die allerbesten!", jauchzte Elfi vor Freude und fiel ihren Eltern regelrecht in die Arme. Ich hielt mich lieber ein wenig zurück mit diesen Liebesbekundungen, freute mich aber dennoch riesig über diese positive Nachricht.

Endlich ein Schritt weiter in Richtung besserer Zukunft. Fehlte nur noch der geeignete Mann an unserer Seite. Vermutlich lag hier der Haken an der Geschichte. Auf Knopfdruck fand man schließlich nicht den Traummann in spe. Nur komische Ausgeburten der Hölle.

Okay, okay, so drastisch brauchte ich für mich unpassende Männer nicht bezeichnen, aber im Endeffekt lief es ja genau darauf hinaus. Wenn sie wollen, können sie einem das Leben zur Hölle machen. Andersherum genauso.

Nachdem sich die finanziellen Einzelheiten klärten, blieben wir noch ein paar Stunden ehe zur Heimreise aufgebrochen wurde. Elfi fuhr mit mir ins Hotel, damit wir morgen gleich mit der Wohnungssuche beginnen konnten.

Im Zug hielten meine Freundin und ich ein kleines Schläfchen, während wir dank Klimaanlage eiskalte Nasen bekamen - Schnupfen ließ grüßen - und dem penetranten Uringestank ausgesetzt waren - Schnupfen war doch gar nicht so schlecht - der aus der Zugtoilette wehte.

Wie gesagt, nichts ging über eine angenehme Fahrt mit den öffentlichen Verkehrsmitteln.

Es vergingen nur zwei Tage, aber die Welt veränderte sich für mich bereits komplett. Zwar lag ich hier immer noch in meinem flauschigen Hotelbett, roch die buttrigen Croissants und spürte das Gewicht meiner Freundin Elfi halb auf mir, aber irgendwie empfand ich alles anders. Was so minimale Veränderungen schon bewirken konnten, war unvorstellbar.

Hätte man eigentlich schon viel früher damit beginnen können.

Doch die Menschen heutzutage und da möchte ich mich keinesfalls ausschließen, verhielten sich viel zu bequem, um einfach so ihre Angewohnheiten umzukrempeln. Auch wenn es durchaus positive Nachwirkungen mit sich ziehen würde.

Veränderungen hatten immer einen negativen Beigeschmack und deshalb stießen wir sie ab. Warum etwas Neues, wenn das Altbewährte funktionierte? Warum ein Risiko eingehen?

Wären wir Menschen nicht solche Gewohnheitstiere, würde ich jetzt wahrscheinlich nicht hier liegen. Vielleicht würde ich sogar an einem riesigen Swimmingpool liegen mit einem fruchtigen Cocktail in der Hand und meinen knackigen Körper in der Sonne bräunen?
Ja, träumen durfte man wohl noch.

Noch einmal schnüffelte ich und atmete den Duft der Croissants ein. Vielleicht konnte ich ja doch mal wieder eins verdrücken. Vorsichtig entfernte ich die Arme und Beine von Elfi die bleischwer auf mir lagen und kroch aus dem hohen Kuschelbett.
Auf dem Servierwagen stand wie jeden Morgen das Frühstück schon bereit. Wie das Personal das hinkriegte, ohne dass ich wach wurde, beeindruckte mich erneut. Sogar die Servietten waren wie Rosenblüten gefaltet und drapiert.
Freudig machte ich es mir auf meinem einzigen Stuhl bequem und beäugte die sichelförmigen Gebäckstücke misstrauisch. Hm...okay. Zur Abwechslung würde ich sie heute mal nicht verschmähen, sondern eins essen.
Mein Mund öffnete sich erwartungsvoll, es sammelte sich bereits der Speichel hungrig darin und als ich gerade hinein beißen wollte...
"Hey! Was machst du denn da?"
Erschrocken ließ ich das Croissant zu Boden fallen und starrte mit weit aufgerissenen Augen in Richtung der Schlafstätte.
Daraus lugte Elfi hervor, mit zerzauster Frisur und einem bösartigen Blick.
"Was soll denn das? Seit wann isst du Croissants? Die sind für mich reserviert, seit du ihnen abgeschworen hast."
War ja klar, kaum ging es um das leibliche Wohl, beson-

ders um das von meiner Freundin, war nicht mehr mit ihr zu spaßen. Da kannte sie kein Pardon.

"Verzeihung. Ich hatte halt gerade Appetit auf eins. Ich leg es ja wieder zurück... Du gieriges Stück."

Daraufhin bückte ich mich nach dem heruntergefallenen Gebäck, blies den imaginären Staub weg und platzierte es sorgfältig wieder auf dem Teller. Automatisch griff ich zu dem Apfel, der dem Frühstück ebenfalls beilag und biss herzhaft hinein.

"Dann halt keine Kalorienbombe.", sagte ich mit vollem Mund.

Mampfend wälzte ich mich zu Elfi aufs Bett und machte es mir erneut gemütlich.

"Na du Krümelmonster, was steht heute auf dem Tagesplan?"

Schon kippte sie rückwärts in die beigefarbenen Kissen und seufzte.

"Piano. Ich bin gerade aufgewacht und habe einen riesigen Schock erlitten. Bin noch nicht fähig, klar zu denken, du elende Diebin."

Ein weiterer Bissen des Apfels landete in meinem Mund und wurde genüsslich zermalmt, während ich Elfi erklärte, was ich mir für den heutigen Tag vornahm.

"Also am Wichtigsten ist natürlich die Wohnungsfrage. Internetcafé aufsuchen und das World Wide Web befragen. Dann steht morgen unser Speed Dating an. Da sollten wir uns ein wenig aufhübschen. Ein bisschen Shopping wäre demnach auch nicht verkehrt."

Angewidert lauschte sie meinem Geschmatze, nickte aber zustimmend.

"Schmatzi, einkaufen ist immer gut. Hab' ich aber fast schon wieder vergessen, dass morgen das Männertreffen ist. Die Zeit vergeht so rasant."

"Du sagst es. Gut, dann machen wir uns fertig und ab geht's in die Stadt!"
"Öfter mal was Neues."

Kapitel 5 - Gustav

Mit seinen großen Fingern massierte sich Gustav die pochende Stirn während sich die Menschen hinter der Glaswand auf Crosstrainern abstrampelten oder schwitzend irgendwelche Gewichte stemmten. Seine Arbeit vermochte vielleicht nicht die spannendste oder spektakulärste sein, aber sie füllte immerhin das Bankkonto und machte ihm Spaß. Zwar fragte er sich manchmal, ob es nicht mehr geben sollte im Leben als bloß einen mittelmäßigen Job, aber wozu die Mühe?

Solange er zufrieden war, mit dem Geld locker über die Runden kam und Zeit hatte für die wichtigeren Dinge im Leben, gab es keinen Grund sich zu beklagen. Diese Umstände empfand er als akzeptabel und konnte gut damit leben.

Es füllte ihn sogar mit Stolz, endlich einen richtigen Beruf in seinen Lebenslauf eintragen zu können, anstatt immer nur diese mickrigen Aushilfsjobs, die einen gerade so über Wasser hielten.

Jedoch für seine Mädels wollte er nur das Beste, deshalb überredete er sie auch zu dieser Wette. Auch wenn sie es niemals zugaben, aber er erwies sich doch als ihr Vorbild. Dazu als einziges männliches Mitglied in ihrem kleinen Freundeskreis. Nun kamen sie auch langsam in die Gänge und packten die Gelegenheiten beim Schopf

- so wie es sein sollte. Schon fast hatte Hannah einen Job in der Tasche und Elfi würde sicher auch noch das Richtige für sich entdecken. Bei ihr gestaltete es sich immer schwierig, da sie über ein sprunghaftes Wesen verfügte und ihre Meinung sich stündlich ändern konnte.

Dabei fragte er sich, ob sie irgendwann zur Ruhe kommen und konstant bei einer Sache bleiben würde.

Langsam ließen die Kopfschmerzen nach, aber vorsichtshalber nahm Gustav noch eine Schmerztablette, die er mit einem großen Schluck Leitungswasser herunterspülte. Ein Blick auf seine digitale Armbanduhr verriet ihm, dass es Zeit für die Mittagspause war. Die kobaltblaue Jeansjacke über die Schulter geworfen, verließ er das verglaste Büro, winkte der Thekenkraft Louisa zu und machte sich auf den Weg zum Bistro, wo er sich mit seinen Freundinnen zum Essen verabredete. Die zwei Damen bereiteten sich heute auf ihr Speed Dating vor und da wollte er natürlich alles vorher bequatschen. Ein männlicher Rat könnte dafür nie schaden.

Als Gustl beim Treffpunkt ankam, sah er die beiden schnatternd an einem kleinen runden Tisch sitzen, der mit einer rotweiß gepunkteten Tischdecke geschmückt war und mitten in der warmen Sonne stand.

Wie so oft kleidete Elfi sich ungewöhnlich. Diesmal wurde ihr kurviger Körper von einem lilafarbenen knielangen Kleid umschmeichelt, das mit Dutzenden von Schleifen verziert war. Selbst auf ihrem Kopf ragte eine große rosafarbene Schleife aus dem engelsblonden Haar hervor. Alles in allem ein äußerst skurriler Look.

Dagegen war Hannah eher ein schlichter, unauffälliger Typ, der nur ab und zu durch ein einzelnes Accessoire auffiel. Sie trug eine tief sitzende Jeans und dazu ein petrolfarbenes T-Shirt, das ihr mindestens zwei Nummern zu groß war. Ihr Augenmerk konzentrierte sich eher auf den Kopf. Anstatt ihrer sonst üblichen braunen zerzausten Locken, leuchtete ihm ein tiefroter kurzer Schopf entgegen.

"Hey Hannah, was ist denn mit deinen Haaren passiert? Wolltest du Pumuckl Konkurrenz machen?", begrüßte Gustl die beiden und setzte sich auf den freien Stuhl. Der Herr wurde dafür mit einem grimmigen Blick von Hannah gestraft und bekam ein herzliches Bussi auf die Wange von Elfi.

"Pumuckl...das ich nicht lache. Diese Frisur nennt man Pixi, du Ignorant. Außerdem wollte ich mal etwas wagen. Wenn wir schon dabei sind unser ganzes Leben umzukrempeln, können meine Haare auch dran glauben. Außerdem würde dir ein Haarschnitt auch nicht schaden oder ein wenig Farbe. die grauen Haare vermehren sich ja täglich. Wird da jemand alt?"

"Dir hätten sie deinen Schopf schwarz färben sollen, rabenschwarz wie deine Seele. Ich brauche so einen Schnickschnack nicht. Ich altere in Würde."

"Warts ab, wenn die Midlife-Crisis kommt, wirst du der Erste sein, der zum Friseur rennt und sich die Haare färbt. Mal abgesehen davon, dass du dir dann eine enge Lederjacke zulegst, einen Sportwagen fährst und eine Zwanzigjährige nach der anderen abschleppen wirst, um dein Ego zu streicheln."

"Frau Sarkasmus hat wieder zugeschlagen. Alle Klischees aufgezählt? Jetzt hast du es mir aber gegeben."

Als der Kellner kam und unsere Bestellung aufnahm, orderten sie drei Cappuccinos und jeweils ein getoastetes Sandwich gefüllt mit Salat, Schinken, Ei und einer cremigen Remoulade.

Jetzt klatschte Gustl auffordernd in die Hände und blickte erwartungsvoll in die Runde.

"Nun denn, Mädels, ihr wisst, ich habe nur begrenzt Zeit, also zack, zack, alle wichtigen Details auf den Tisch legen."

"Mit dem Wichtigsten bist du schon vertraut. Ich habe morgen ein Gespräch bei der Personalleitung des Hotels wegen der freien Stelle und Elfi wird morgen nochmal das Internet und die Zeitungen nach einem Job durchforsten. Auf Wohnungssuche wollen wir uns dann nach meinem Gespräch machen.", zählte Hannah die prägnantesten Punkte trocken auf.

„Aber das Allerbeste ist doch unser Speed Dating heute! Ich bin so wahnsinnig aufgeregt! Hoffentlich geht nichts schief, ach und wehe mein Outfit kommt nicht gut an, herrjemine. Bitte bitte lass es auch gutaussehende Männer dort geben!", sprudelten die Worte aus Elfi hervor, die schon ganz hibbelig auf ihrem Stuhl saß und wie ein kleines Kind vor Aufregung nicht stillhalten konnte.

„Na, na nun werde mal nicht so nervös. Das wird schon alles klappen. Und wenn nicht der passende Kerl dabei ist, dann ist das nun mal so. Dann soll es eben nicht so sein. Macht euch nicht verrückt, seid ganz natürlich."

Hannah bedachte Gustl mit einem leicht herablassenden Blick.

„Nur, weil unsere Kleine sich vor Nervosität fast bepinkelt, muss ich mich nicht auch gleich so fühlen. Mehr als in die Scheiße langen können wir nicht."

„Wie immer kühl und distanziert, Frau Weber. Sei bloß heute Abend nicht so eine Zimtzicke. Wer dich nicht kennt, wird dich für ein Miststück in spe halten. Also lächeln und lass deinen Sarkasmus zu Hause."

Da rollte sie bloß mit den Augen und überließ Elfi das Reden.

„Hach, ich bin so aufgeregt! In fünf Stunden geht es los! Ui ui ui. Ich bin so gespannt, was da für Typen auftauchen werden. Im Internet habe ich gelesen, dass die meisten Frauen bei so einem Dating Marathon am erfolgreichsten sind. Hoffentlich trifft das auch auf mich zu. Ach, ich kann es gar nicht mehr erwarten! Es soll endlich Abend sein..."

Während Elfi weiterhin vor Freude plapperte, servierte der Kellner ihnen ihr Essen und ihre Getränke. Jeder von ihnen biss genussvoll in das gut duftende Sandwich und unterdessen sprachen sie noch über das Speed Dating heute Abend, Gustl Arbeit und was in der Woche sonst noch so geplant war.

Nachdem sie Speis und Trank verzehrten, musste der Herr in der Runde auch schon wieder los, um die zweite Halbzeit bei der Arbeit hinter sich zu bringen.

Kapitel 6

Nach unserem Mittagessen mit Gustl beschlossen wir eine kleine Runde durch die Stadt zu drehen, um eventuell noch das ein oder andere Kleidungsstück zu ergattern. Die großen bunten Schaufenster der Modegeschäfte präsentierten sich prall gefüllt mit Schnäppchen und allerlei reduzierten Artikeln, die nur so schrien „Kauf mich!".

Allerdings suchten wir uns den wahrscheinlich ungünstigsten Moment, um durch die Einkaufspassagen zu schlendern. Anscheinend mussten die meisten Bewohner nachmittags nicht arbeiten oder hatten schon frei, anders konnten wir uns diese Menschenmassen nicht erklären, die von Geschäft zu Geschäft hetzten und keinerlei Rücksicht dabei auf andere Fußgänger nahmen. Es passierte nicht nur einmal, dass einer von uns beiden aufstöhnte, wenn man eine Tüte in die Rippen gestoßen bekam oder einen wildfremden Fuß, bevorzugter Weise mit hochhackigen Schuhen, um ihn schmerzhaft auf seinem eigenen zu spüren.

Da ich von jeher leicht gereizt bin, wurden die unachtsamen Täter mit einem eisigen Blick bedacht oder bezogen gleich einen Ellbogenhieb.

Nur Elfi fühlte sich damit leicht überfordert, da ich sie als einen gutmütigen Menschen wahrnahm und darum nicht mit solchen Situationen umgehen konnte. Ständig stolperte sie von einem Rempler zum nächsten, bis ich sie endlich rettete und in eine Seitenstraße hineinzog.

„Himmel, Arsch und Zwirn! Haben die alle keine Arbeit? Die sollen sich gefälligst schleichen. So einen Trubel vertrag' ich überhaupt nicht. Wieso geht's hier so dermaßen zu? Das geht ja auf keine Kuhhaut! Willst du wirklich noch weiter durch diese skrupellosen Mengen irren?", meckerte ich mit einem missbilligenden Blick in Richtung der Menschen.

Erstmal verschnaufte Elfi mit weit aufgerissenen Augen und lehnte sich sichtlich erschöpft gegen eine mit Graffitis voll gesprayte Hauswand.

„Ja, du hast Recht. Ich möchte jetzt auch nicht unbedingt mehr weiter durch dieses Labyrinth gehen. Was willst du dann bis zu unserem Treffen machen? Schließlich haben wir noch ein paar Stunden Zeit bis es soweit ist."

„Gute Frage. Zum Hotel brauchen wir jetzt auch nicht zurückfahren, das wäre total unnötig. Aber ein Café ist nicht mehr in meinem Budget drin. Mein Konto ist leicht ausgereizt."

Um es genauer zu sagen: Der Pleitegeier kreiste schon hämisch grinsend über mir und wartete nur auf den richtigen Moment, um mich von oben zu attackieren.

Nachdem mein letzter Minijob einige Wochen zurücklag und meine Ersparnisse aus rosigeren Zeiten aufgebraucht waren, konnte ich mir gerade so mein Zimmer leisten.

Jetzt musste wirklich dringend eine Arbeit her!

„Du sagst es. Ich kann meine Eltern nicht auch nicht mehr auf der Tasche liegen, nachdem sie uns auch so großzügig mit der Wohnung helfen werden. Also doch wieder durch das Gewühl?"

„Okay. Aber wenn einer von diesen Ignoranten meint, er müsse mir nicht aus dem Weg gehen, wenn ich ihm entgegenkomme, sondern mich rotzfrech anrempelt, dann knallt's!"

„Ruhig Blut, Hannah. Deinen Jähzorn solltest du lieber nicht schüren, sonst machen wir nur einen Besuch im Knast und nicht beim Speed Dating."

„Ich habe keine großen Hoffnungen, dort meinen potenziellen neuen Sexualpartner kennen zu lernen. Das ist doch bloß eine Reise nach Jerusalem – Runde mit Männern."

Mein Pessimismus wurde mit einem Hieb in die Seite von einer hoffnungsvollen und optimistischen dreinblickenden Elfi niedergeschmettert und gleich mit einem Sprudel voll glückverheißenden Worten in seinem Keim erstickt.

Um mir weitere Gardinenpredigten zu ersparen, stürzte ich mich wieder in das Gemenge der Einkaufswütigen. Elfi lief mir dabei schnatternd hinterher und so bahnten wir uns einen Weg durch die Menschenmassen. Nach einer Viertelstunde Gedränge und Geschubse zerrte mich meine Freundin in einen Laden auf der rechten Straßenseite. Ich schaute mich misstrauisch um, bis ich merkte, dass hier überall aufreizende Dessous herumlagen und die schwarzen Negligés mit Spitze sich an der Stange aufreihten.

„Ähm, sag' mal, was wollen wir denn jetzt? Ich bin eigentlich nicht der Typ für unbequeme und sündhaft teure Wäsche."

Meine Freundin hingegen grinste fies in meine Richtung und bemerkte:

„Wir müssen doch auch unter unseren schicken Outfits gut aussehen. Das steigert das Selbstbewusstsein und du fühlst dich unbeschreiblich sexy und attraktiv."

Angewidert ging ich langsam von Tisch zu Tisch und hob einen winzigen Stringtanga mit rosaroten Schleifchen mit spitzen Fingern hoch.

„Ja, nee, is klar. Für meinen Geschmack ist das nix. Wortwörtlich nichts. Da bleibe ich lieber bei den bequemen Panties. Fühl' mich damit genauso pudelwohl. Außerdem bekommt kein Kerl heute irgendwas von meiner Haut zu sehen. Oder willst du gleich einen mit ins Bett nehmen?"

„So ein Quatsch! Das trage ich nur für mein Selbstwertgefühl. Ich will mich begehrt und schön fühlen."

„Wie du meinst, du bist aber auch ohne den Mist hübsch. Und wie war das mit Geld sparen?"

Darauf wurde Elfi rot und wedelte mit einem fünfzig Euro Schein in der Hand.

„Hab' ich von meiner Mama gekriegt."

„Ach, Elfi. Ein letztes Mal und dann verdienst du dein eigenes Geld! Wie wäre es dann mit diesem edlen Stück?"

Schon hielt ich einen transparenten BH in die Höhe, der nur in der jeweilige Körbchen Mitte ein Stück Stoff enthielt. Allerdings mit einer wunderschönen Metallspitze.

„Da siehst du aus wie Madonna früher.", ich piekte mit dem Finger auf eine Spitze, „die sehen aus wie zwei Riesennippel."

„Ha, ha, ich lach mich tot. Ich meine das wirklich ernst."

Beleidigt schnappte sich Elfi ein paar Teile und verschwand damit in die nächste Kabine. Im nächsten Moment stand plötzlich eine junge Dame neben mir, die laut ihrem Schildchen „Kimberley" hieß und mich mit einem geschäftstüchtigen Lächeln bedachte.

„Kann ich Ihnen vielleicht helfen? Haben Sie schon etwas Passendes gefunden? Ich kann Ihnen auch gerne unsere momentanen Dauerseller zeigen oder wollen Sie vielleicht etwas Aufreizenderes für ihren Freund? Dann kommen Sie doch mit in diese Ecke, da hätten wir noch schöne Korsagen oder Babydolls."

Angesichts dieses Wortschwalls fühlte ich mich ein wenig überfordert von dieser aufdringlichen Verkäuferin. Ich verstand ja, dass sie etwas an die Frau bringen musste, aber dass sie dabei so dick auftrug?

Wahllos griff ich nach einem Unterwäscheset und quetschte mich zu Elfi in die Kabine.

„Da steht eine irre Verkäuferin und textet mich zu. Rutsch mal rüber.", flüsterte ich ihr leise zu und ließ mich auf den winzigen Hocker fallen, der in der rechten Ecke der Umkleide stand.

„Ähm, dir ist schon klar, dass ich gerade nackt bin?"

„Also bitte, wenn dich das jetzt noch stört, nachdem wir uns so oft ein Bett teilen oder nacheinander in die Dusche hüpfen, dann hast du echt einen Komplex, Frau Prüde."

„Ich wollte es nur anmerken."

Nun bedeckte Elfi ihre Blöße mit einem Spitzendessous-Set in korallenrot und betrachtete sich prüfend im Spiegel.

„Und wie gefällt's dir? Würde ich dich als Mann damit erregen?"

„Erstens bin ich kein Mann und zweitens verstehe ich von sowas nichts. Aber es schaut ganz gut aus. Du hast halt eine schöne Rubensfigur, wie die Frauen von den Bildern des Malers Botticelli. Und genau so sollte eine Frau auch aussehen. Nicht wie die ganzen klapperdürren Rippengestelle, die heutzutage rumlaufen. Gruselig."

Geschmeichelt und lächelnd drehte Elfi ihre ausladenden Hüften hin und her, bevor sie sich entschloss das Wäscheensemble zu erwerben. Nachdem sie sich wieder anzog und vorsichtig nach draußen lugte, ob die redselige Kimberley noch vor der Umkleide wartete, gab sie mir grünes Licht und es ging zum Zahlen. Die letzten erschnorrten Kröten verballern.

Von meiner aufdringlichen Verkäuferin war nichts mehr zu sehen und an der Kasse stand eine andere modisch gekleidete Frau, die ebenfalls einen recht ausgefallenen Namen trug: Mercedes.

Solche Namen strafen jeden Menschen. Dabei stellte ich mir bildlich vor, wie diese bemitleidenswerte Frau von allen Jungs in der Grundschule bis hin zur Berufslaufbahn mit ihrem Namen eines Autos aufgezogen wurde. Kinder konnten so unglaublich grausam sein.

Als wir endlich an der frischen Luft waren, atmeten wir einmal tief durch und genossen die nachmittäglichen Sonnenstrahlen. Bei einem Uhrencheck stellten Elfi und ich fest, dass wir nur noch eine einzelne Stunde vertrödeln konnten.

„Was, waren wir jetzt so lange unterwegs? Unglaublich wie rasant die Zeit vergeht, wenn man in einem Geschäft ist."

„Also in deinem Straps- und Spitzenladen hat sich die Zeit wie zäher Kaugummi gezogen."

„Oh, apropos…", ignorierte Elfi meine bissige Bemerkung galant. „Ich muss die Unterwäsche ja noch anziehen, sonst bringt sie mir überhaupt nichts. Mist, verdammter! Dass ich immer alles vergesse."

Darauf schüttelte ich nur mit einem Grinsen den Kopf. Mein vergesslicher Schussel.

„Wo ziehe ich mich jetzt nur um? Hannah, wo sind bloß deine brillanten Ideen?"

„Öffentliche Toilette?"

„Igitt, du spinnst doch. Da zieh' ich mich nicht aus. Was weiß ich, wer da so rumlungert."

„Junkies, Obdachlose, Spanner. Die Liste ist endlos." Meine Freundin schüttelte sich vor Ekel und streckte mir die Zunge raus.

„War ja bloß ein Scherz. Freiwillig würde ich da auch nicht reingehen. Aber hey, wie wär's wenn wir jetzt schon zu dem Wirtshaus gehen, wo das Speed Dating stattfindet? Da gibt's bestimmt ein WC, indem du dich umziehen kannst. Außerdem können wir gleich die Location checken."

„Location checken? Willst du Agent spielen oder was? Spinnerin. Langsam brennen bei dir auch alle Sicherungen durch. Lass uns losmarschieren."

„Agent Null Null Nix, stets zu Diensten, Ma'am!", sagte ich mit tiefer gestellter Stimme und salutierte vor Elfi.

Kichernd nahm sie meine Hand und schlug die Richtung des Gasthauses ein.

Dieses hieß „Zum goldenen Löwen" und sah auch dementsprechend aus. Überall zierten kleine, vergoldete Raubkatzen die Fensterbänke und Tische im Haus, dass in drei unterschiedlich große Räume eingeteilt war und schimmerten nahezu um die Wette.

Links und rechts handelte es sich jeweils einen großen beziehungsweise einen kleinen Gastraum und in der Mitte stand eine pompös wirkende Rezeption aus massivem Holz.

Die großen Fenster in den Räumen wurden von tiefroten Samtvorhängen umrahmt und der gefliste Boden im Eingangsbereich war so stark gebohnert, dass wir uns darin spiegelten. Riesige Kronleuchter mit polierten Kristallen tauchten die Gastwirtschaft in ein helles, warmes Licht. Überall schwirrte bereits adrett gekleidetes Personal umher, das den großen Speisesaal für die bevorstehende Veranstaltung vorbereitete. Flink huschte gerade eine Kellnerin an uns vorbei, beladen mit zwei Tabletts voll mit appetitlich aussehenden Häppchen. Elfi und ich standen regungslos sowie fasziniert in der Eingangstür und bekamen den Mund vor lauter Staunen nicht mehr zu.

„Hast du schon mal so etwas Prunkvolles gesehen?", durchbrach meine Freundin schließlich unser bewunderndes Schweigen.

Ehrfürchtig schüttelte ich meinen Kopf.

„Nö, geschweige denn betreten."

Da wurde auch schon der Herr an der Rezeption auf uns aufmerksam.

Er trat hinter dem eleganten Tresen hervor und fragte uns höflich, ob wir einen Tisch reserviert hätten.

„Oh, nein, wir sind wegen dem Speed Dating hier. Es ist zu früh, das wissen wir, aber dürften wir ihre Toilette benutzen, um unser Make-Up aufzufrischen?"

„Sehr gerne meine Damen, ich geleite sie dorthin."

Mit einer galanten Bewegung bedeutete er uns ihm zu folgen. Der Rezeptionist steckte in einem schwarzen Smoking und seine Art hatte etwas typisch Englisches an sich. Wie ein Butler. Er sah genauso aus wie man sich einen englischen Diener am Hofe der Queen vorstellte.

Wir gingen einen langen mit rotem Teppich ausgelegten Gang entlang, bis der freundliche Angestellte stehen blieb und zu einer Tür zu seiner linken Seite deutete.

„Hier hereinbitte, meine Damen. Zu ihrer Veranstaltung gehen sie dann einfach in den großen Speisesaal, dort wird dann selbstverständlich alles vorbereitet sein. Ich wünsche ihnen einen angenehmen Abend und wenn sie noch irgendeinen Wunsch verspüren, dann scheuen sie sich nicht und kommen bitte einfach zur Rezeption. Ich stehe ihnen jederzeit zur Verfügung."

Mit einer vornehmen angedeuteten Verbeugung verabschiedete er sich und wir betraten die Toilettenräume.

„Irgendwie fühle ich mich in so stilvollem Hause wie ein hässliches und dickes Entlein. Hoffentlich sind die anderen Teilnehmer nicht auch solche Menschen!"

„Was denn für Menschen?"

„Ja du weißt schon. Wie James, der Butler da draußen. So vornehm. Damen, die sich das Näschen pudern und die Herrchen mit feinem Sakko. Todschick. Keine Normalos wie wir beide."

Ich betrachtete uns im Spiegel und meinte mit hochgezogener Augenbrauen:

„Wo sind wir bitteschön Normalos? Wir schauen immer aus wie aus einem schrillen Theater entsprungen. Du zumindest."

„Das macht doch unseren Charme aus. So und jetzt ziehe ich mir schnell meine Selbstbewusstseins-Unterwäsche an!"

Schon schlüpfte Elfi in eine Toilettenkabine und zog sich geräuschvoll um. Währenddessen prüfte ich meine Frisur im Spiegel. Der neue Haarschnitt gefiel mir sehr gut und symbolisierte zugleich den Wendepunkt in meinem Leben.

Frischer Schnitt – frisches Glück! Ich fuhr mir mit den Fingern durch die Kurzhaarfrisur und zerzauste einzelne Strähnen noch. Der Out-of-Bed Look, so hieß es zumindest, wenn man gewollt so aussehen wollte, als würde man sich gar keine Mühe mit seiner Frisur geben, aber im Endeffekt dafür circa zwei Stunden mit Fön, Haarspray und Bürsten hantierte. Ich stand einfach so auf und machte mir nicht mal die Mühe meine Haare zu kämmen. Warum auch? Abends ging ich sowieso wieder ins Bett und da zerzausten sie wieder komplett. Würde ich bei den kurzen Haaren genauso handhaben, wie mit meinen langen. Allerdings bekam der Friseur heute beinahe einen Schreikrampf, als er meine leicht verfilzte Mähne bemerkte. Dabei hätte ich schwören können, dass er ein Stoßgebet nach dem anderen zum Himmel flüsterte, als er versuchte, die Zotteln zu kämmen und einigermaßen in den Griff bekommen.

Von irgendwelchen Frisuren hielt ich auch nichts. Das einzige was ich halbwegs zustande brachte, war ein Pferdeschwanz. Wenn ich irgendwas Aufwändiges haben wollte, musste ich bloß Elfi fragen, sie war eine Expertin in solchen Sachen.

Besagte Expertin trat nun aus der Kabine und zupfte sich ihr Outfit zu Recht.

„Ich fühle mich gleich viel besser! Hach, was so ein bisschen Stoff gleich bewirken kann!"

Die Lippen wurden noch mal neu geschminkt, die Wimperntusche aufgefrischt und damit waren wir bereit, uns hinaus ins Abenteuer zu stürzen – äußerlich zumindest.

„Sollen wir uns wirklich jetzt schon wartend in dem Saal positionieren? Das sieht doch erbärmlich aus, wenn wir die Ersten sind! Als könnten wir es überhaupt nicht abwarten, die Singlemänner kennen zu lernen!"

„Willst du lieber hier in der Toilette versauern? Da gehe ich lieber raus und bin halt mal ein ungeduldiger, nach Männern gierende Zu früh Kommerin."

Während wir diskutierten, ob wir uns jetzt trauen sollten oder nicht, öffnete sich die Tür und ein Schwall Frauen drang herein, die sich schnatternd zu uns gesellten und ebenfalls ihr Make-up auffrischten, bis sie uns bemerkten.

Eine flachbrüstige Blondine war so frei und fragte uns geradeaus, ob wir auch auf den Beginn des Speed Datings warten würden.

Darüber atmete Elfi erleichtert auf und ergriff sofort das Wort.

„Ja, wir haben gerade überlegt, ob wir schon hineingehen sollen oder nicht."

„Ach, Schätzchen, exakt das Problem haben wir auch beratschlagt. Aber jetzt sind wir ja zu sechst, da können wir locker schon mal das Ambiente begutachten. Wer weiß, vielleicht bekommt man schon den ein oder anderen männlichen Leckerbissen zu sehen?"

Das Blondinchen zwinkerte uns zu und gemeinsam marschierte der gesamte Frauentrupp zum großen Saal. Dort waren allerdings weit und breit keine Männer zu sehen. Bloß schnatternde, weibliche Grüppchen mit üppig dekorierten Cocktails in der Hand.

Wir werteten dies als Zeichen und versorgten uns an der Bar gleich mit einem Cocktail, der sogar gratis war. Saufen umsonst – jippi!

Eine Frau im dezent blauen Kostüm ergriff nun das Wort, ich nahm an, sie war die Veranstalterin.

„Meine Damen, darf ich kurz um ihre Aufmerksamkeit bitten?", sprach sie mit einer lauten, tiefen Stimme und klopfte sanft mit einem Löffel gegen ihr Sektglas. „Ich werde sie nun über alle nötigen Details dieser Veranstaltung aufklären und darf sie zunächst herzlich willkommen heißen im Name des Gasthauses „Zum goldenen Löwen". Jede von ihnen erhält einen Stift und einen Bewertungsbogen, dort tragen sie bitte ihr Resümee über den jeweiligen Herrn ein, der mit ihnen ein Gespräch über die Dauer von acht Minuten führen darf. Dieser Bewertungsbogen entscheidet am Ende, wer sich wiedersieht und wer nicht. Kreuzen Sie einfach an, ob ihr Eindruck positiv oder negativ war und ob sie an einem weiteren Treffen interessiert sind. Unten geben Sie dann bitte ihre Personalien – Name, Telefonnummer – an und schon geht es los. Ich wünsche ihnen einen angenehmen Abend und viel Spaß!"

Mit einem kleinen Applaus von uns verabschiedete sie sich und nahm weiter hinten im Saal an einem Tisch Platz.

Als es dann endlich soweit war und der Gong ertönte, der uns signalisierte, dass die Veranstaltung nun beginnen würde, nahmen wir Frauen an den uns zugewiesenen Tischen Platz. Ich positionierte sorgfältig meinen Bewertungsbogen und meinen Kugelschreiber, bevor ich mit einem kleinen Schluck von meinem Cocktail meine sich anschleichende Nervosität zu lindern versuchte. Ein zweiter Gong hallte durch den Saal und die Türen zu dem bis jetzt verschlossenem Nebenraum wurden geöffnet. Dort bekamen die Männer ihre Einweisung und eine individuelle Nummer bekommen, die sich auch an unseren Tischen befand. Die männlichen Teilnehmer schwirrten umher, um ihre jeweilige Tischnummer zu finden.

"Wenn jeder Herr seinen Platz gefunden hat und sich dort hingesetzt hat, beginnt die erste Kennenlernrunde. Sie haben acht Minuten Zeit, um einen guten Eindruck zu hinterlassen!"

Und schon ertönte ein drittes Mal der Gong, während sich mir gegenüber ein großer, rothaariger Mann hinsetzte. Höflich streckte er mir seine Hand entgegen, um mich zu begrüßen. Ein wenig geplättet ergriff ich sie mechanisch. Dieser Herr trug nämlich einen grüngelb karierten Cordanzug mit einem roten Rollkragenpullover und auf seiner Nase saß eine schwarz metallisch glänzende Brille, die kreisrunde Gläser hatte. Aus der Brusttasche seines Jacketts lugte eine altmodische Taschenuhr hervor und sein rotes Haar kringelte sich in kunstvollen Locken über seine Stirn. Ein wahrlich auffallender Mann!

Dieser bunte Vogel stellte sich als Graf Erich von Niederwiesen vor und ich musste wirklich aufpassen, dass vor lauter Staunen meine Kinnlade nicht auf dem Holztisch aufklatschte.

Auch mein Kugelschreiber schwebte schon über dem Kästchen "Nicht wiedersehen" auf meinem Bewertungsbogen.

„Wissen Sie, meine Teuerste, ich suche hier nach der Möglichkeit endlich eine passende Dame zu finden, die mit mir auf meiner Landresidenz den Rest unseres Lebens verbringen will. Es wird langsam einsam auf diesem riesigen Anwesen, ich wünsche mir die angenehme Gesellschaft einer reizenden Frau."

Ich konnte mir gut vorstellen, dass so manche Frau in dieser Runde auf ihn anspringen würde. Zogen doch viele ein dickes Portemonnaie einer anständigen Persönlichkeit vor. Natürlich hatte ich auch nichts gegen ein prall gefülltes Bankkonto einzuwenden, aber soweit würde ich nicht gehen. Außerdem war dieser Graf mindestens zwanzig Jahre älter als ich. Igitt. Wer weiß, wie oft dieser, in meinen Augen, alter Knacker Sex von einem verlangen würde?

Acht Minuten mit einer Person, der man schon von Anfang an ansah, dass sie keinesfalls zu einem selbst passte, zogen sich verdammt lang hin. Nachdem ich meine Ohren allerdings auf Durchzug einstellte und diesen jammernden Adligen einfach quatschen ließ, gingen auch diese Minuten um.

Ding Ding!

Und schon war der nächste Kandidat an der Reihe, bei dem es sich zwar um keinen so modischen Papagei handelte, aber dennoch ein wenig schräg rüber kam. Lange, schwarze Haare lockten sich auf den Schultern eines mittelgroßen Mannes mit eisblauen Augen und auf mich wie ein eiskalter Killer aus einem Thriller wirkte. Schwarze Jeans, schwarzes T-Shirt und dazu noch etliche schwarze Lederarmbänder verrieten mir, dass er entweder der Goth-Szene angehörte oder doch ein „knallharter" Heavy-Metal-Fan war.

Es stellte sich heraus, dass er ein ganz sympathischer junger Mann von dreiundzwanzig Jahren und ein eingefleischter Trivium-Hörer war.

Wir unterhielten uns die kurze Zeit über Musik, aber jeder von uns beiden wusste, dass es über dieses Gespräch nicht weiter hinausgehen würde.

„War auf alle Fälle nett, dich kennen zu lernen. Mal schauen was als Nächstes kommt.", verabschiedete er sich mit einem Augenzwinkern und wanderte zum nächsten Tisch hinüber.

Ist schon erstaunlich. Zu manchen Männern hat man instinktiv einen sehr guten Draht, es könnte sich sogar eine Freundschaft daraus entwickeln, aber mehr würde nicht funktionieren. Als wäre es von der Natur vorprogrammiert, wer zu uns passt und wer nicht.

Diesen Gedanken konnte ich noch nicht einmal fertig spinnen, dann kam auch schon ein weiterer Kandidat.

So ein Speed Dating ist reines Bewerten, wer mit seinem Äußeren nicht überzeugen konnte, hatte in den meisten Fällen schon verloren. Die Frauen saßen da und warteten darauf, dass ein passabel aussehendes männliches Objekt an ihren Tisch trat. Falls beim Aussehen ein Häkchen gemacht werden konnte, musste derjenige nur noch mit seinem Mini-Gespräch punkten. Manche Typen studierten einen Konversationsanfang ein, der aus einer Mischung mit charmanten Geschwafel und angeblich humorvollen Anekdoten bestand. Aber was sollten diese armen Kerle auch machen?

Reine Fleischbeschau.

In meinem Kopf existierte sowieso bereits eine feste Vorlage für meinen Traummann in spe. Auch wenn ich damit noch nie Glück gehabt habe, hielt ich eisern an diesen Kriterien fest. Der richtige Mann für mich musste nicht groß sein oder besonders muskulös sein, aber eines war wichtig. Er sollte Ähnlichkeit mit einem gewissen Schauspieler haben, für den ich seit meiner Kindheit schwärmte.

Mit unschuldigen zehn Jahren saß ich vor dem Fernseher und auf Super RTL lief der Film „Der Mann ohne Gesicht". Da erblickte ich ihn: Mel Gibson.

Gerade in dieser Rolle spielte er einen entstellten, anfangs griesgrämigen Kerl und war von daher auch nicht besonders appetitlich anzusehen, aber es war Liebe auf den ersten Augenblick. Ab diesem Augenblick habe ich jeden Film, den er drehte, verschlungen und mein Kinderzimmer war bedeckt mit Postern, Zeitungsausschnitten und Autogrammen von Mel. Diese Schwärmerei hielt bis jetzt an. Für mich war er optisch das Nonplusultra, auch wenn er privat des Öfteren seltsame Anwandlungen hatte, die ich nicht ganz gutheißte.

Nichtsdestotrotz, Mel Gibson war mein Held und so sollte mein zukünftiger Partner sein, zumindest ansatzweise.

Etwas kindisch diese Ansprüche, aber das war mir egal. Lieber so als gar keinen Anspruch und dann landete ich in einer Ehe mit irgendeinem Versager.

Innerlich schloss ich mit dieser Art des Kennenlernens schon ab, dennoch musste ich es bis zum Schluss aushalten – Elfi zuliebe. Obwohl ich am liebsten sofort abgehauen wäre. Aber na ja. In einer Freundschaft musste man auch gewisse Opfer bringen. Sofort hielt ich auch Ausschau nach meiner Freundin und versuchte zu erspähen, welcher Kandidat bei ihr Platz genommen hatte. Allerdings konnte ich von demjenigen nur die Rückansicht sehen. Schade.

Plötzlich räusperte sich jemand und ich drehte mich erschrocken um. Ups! Jetzt vergaß ich vor lauter Neugierde und Grübelei glatt mein männliches Gegenüber. Dieser saß mit einem leicht genervten Gesichtsausdruck vor mir und trommelte ungeduldig mit den Fingern auf die Tischplatte.

„Habe ich jetzt deine Aufmerksamkeit? Schlimm genug, dass wir hier nur acht Minuten Zeit haben, aber dann auch noch so ignoriert zu werden, ist echt nicht das, was ich mir heute vorgestellt habe."

Während er diesen Satz beendete, klingelte es auch schon wieder zur nächsten Runde. Ich zuckte bloß entschuldigend mit den Achseln und machte ein weiteres Kreuzchen auf meinem Bewertungsbogen. Nein, nein und nochmals nein.

Im Kopf rechnete ich derweil aus, wie lange ich hier noch festsaß und gleichzeitig setzte sich ein weiteres Opfer des Speed Datings vor mich.

Oh la la, der sah ja gar nicht mal so übel aus. Und schon erreichte dieser Mann mein ungeteiltes Interesse. Ich checkte ihn von oben bis unten ab, na ja, soweit ich es halt sehen konnte ohne unter den Tisch zu kriechen. Er versprühte ein südländisches Flair mit seiner gut gebräunten Haut, den prallen Bizeps und den dunklen Haaren voller Gel. Ein enges weißes T-Shirt umhüllte den durchtrainierten Oberkörper und mit einem charmanten Lächeln stellte sich dieser heiße Kerl als Sergio vor.

Doch als er zu Reden begann, zerplatzte diese traumhafte Blubberblase von einem Mann ins Nichts. Puff!

„Hey Schnecke, ich weiß, ihr sucht hier alle die große Liebe, aber hey, was will man mit einer Beziehung, wenn man unverbindlichen Sex mit mir haben kann? Vergiss den ganzen Bewertungsbogenquatsch und ruf mich an."

Mit einem Zwinkern und einem selbstbewussten Grinsen kritzelte er seine Nummer auf meinen Zettel und schob ihn mir wieder hin.

Was jetzt in mir hoch kochte, war nicht nur Empörung, nein, es verhielt sich vielmehr wie eine hochexplosive Mischung aus Wut über diesen Möchtegernmacho und all meinen aufgestauten Sarkasmus, den ich mir bei den ersten Kandidaten verkniffen habe. Das konnte ich nicht mehr aufhalten und brach innerhalb von Sekunden in der Stärke eines Erdbebens auf dem obersten Bereich der Richterskala mit voller Härte über ihm aus.

„Sag mal, geht's dir noch gut? SPINNST DU? Deine Handynummer kannst du dir sonst wo hinstecken, du arroganter Saftsack! Wie erbärmlich bist du denn überhaupt, wenn du hier nach Sexkontakten suchen musst? Kriegst wohl im realen Leben keine mehr ab oder was? Ich sag dir eins,

Sergiobambino, wenn du mich noch einmal so bescheuert anlaberst oder irgendeine andere anständige Frau, dann reiß ich dir deine mickrigen Eier raus! Und jetzt hau bloß ab!"

Vor lauter Zorn stand ich bei meinem Ausbruch auf, warf den Stuhl um und lenkte somit die Augenpaare aller hier anwesenden Menschen unweigerlich auf meine Person, die sich an mich hefteten.

Der Macho sank mittlerweile so klein wie ein Fingerhut auf seinem Stuhl zusammen und machte jetzt unauffällig sowie zerknirscht die Fliege. Damit rechnete er offenbar nicht.

Alle Frauen, die links neben mir saßen und auch schon mit diesem Aufreißer zu tun hatten, gaben mir jubelnd Standing Ovations und bedankten sich für meine Ehrlichkeit.

„Du hast das ausgesprochen, was wir uns alle gedacht haben. Danke!"

Zufrieden hob ich meinen Stuhl auf und machte es mir wieder gemütlich.

„Nichts zu danken."

Ach, so ein anständiger Wutanfall tat doch richtig gut.

„Meine Damen konzentrieren sie sich bitte wieder auf ihr Gegenüber. Wir entschuldigen uns für den unflätigen Herrn und die Unterbrechung.", versuchte die Veranstalterin die Wogen wieder zu glätten und für Ruhe zu sorgen.

Die weiteren Kandidaten zogen nur so an mir vorüber, keiner von ihnen traute sich mehr wirklich bei mir den Mund aufzumachen und so herrschte zwischen mir und den Männern nur ein betretenes Schweigen. Anscheinend verspürten sie Angst, dass ich sie rücksichtslos auffressen würde, wenn sie bloß wagten einen falschen Ton von sich zu geben. Als auch endlich der letzte eingeschüchterte Wurm gegangen war und mein bunter Paradiesvogel wie am Anfang vor mir saß, fühlte ich mich endlich erlöst. Ich schnappte mir meinen Bewertungsbogen, klatschte ihn der Veranstaltungsdame wortlos in die Hände und steuerte zielsicher zur Bar. Zeit für einen ordentlichen Drink, den ich mir redlich verdiente.

„Einmal Wodka pur für mich, bitte."

Der Barkeeper stellte mir mein Glas mit klirrenden Eiswürfeln hin und schenkte diese klare, brennende Flüssigkeit hinein.

Mit einem Zug leerte ich es und atmete erleichtert auf. Was für ein wohltuendes Getränk!

„War es denn so schlimm für dich?"

Unverhofft tauchte Elfi an meiner Seite auf und hievte sich ebenfalls auf einen der langstieligen Hocker. Sie hielt immer noch ihren Bewertungsbogen in den Händen und kaute an ihrem Stift. Ach, da war einer dabei, der ihr anscheinend gefiel. Ich verwarf ihre Frage mit einem kurzen Augenrollen.

„Na, wer ist der Auserwählte?", versuchte ich sie auszuquetschen und spähte neugierig auf den Bogen.

Mit einer Handbewegung zog sie das Blatt aus meinem Sichtfeld und mit der anderen bedeutete sie mir still zu sein.

„Ach mir kannst du es doch ruhig sagen. Du kennst mich, es muss mich schon der Schlag treffen, dass ich mal einen Typen finde, der zu mir passt. Ich werde deine Wahl nicht kritisieren, ich schwöre es! Aber wer ist es? Biiittte!"

Flehend klebte ich an ihrer Schulter und bettelte um Erlösung, da meine Neugierde sofort gestillt werden musste. Hoffentlich war es bloß nicht der Graf von Rotz. Igitt!

„Aber psst!"

Sie hielt mir ihren Bogen unter die Nase und ich sah ein dickes fettes Kreuz auf dem Kästchen Wiedersehen bei einem Kerl namens Eric.

Hä? Zwar landeten all diese Männer auch an meinem Tisch, jedoch konnte ich diesem Namen kein Bild zuordnen. Die Altersdemenz setzte anscheinend reichlich früh bei mir ein.

Elfi sah mir meine Ratlosigkeit an und schüttelte missbilligend den Kopf.

„Du kannst dir nicht mal merken, wie ein Typ ausgesehen hat, der acht Minuten lang mit dir an einem Tisch saß? Ach, Hannah, du bist ein ganz schöner Ignorant. Eric war der Mann mit den dunkelblonden Haaren, mit der schüchternen aber dennoch sympathischen Art. Etwas mager und dünn vielleicht, aber er hat so etwas

Anziehendes an sich. Wir haben uns auf Anhieb gut verstanden. Ich hoffe, dass er bei mir auch ein Kreuz an der richtigen Stelle gemacht hat!"

Ich durchforstete mein Gehirn bis in die hintersten Windungen nach einem schmalen, blonden Bubi ab, aber ich konnte mich beim besten Willen nicht erinnern.

„Ist er noch hier? Zeig ihn mir mal!"

Nun ließ Elfi ihren Blick durch den Raum schweifen und entdeckte den Favoriten offenbar auf der Terrasse.

„Da schau, der in den weißen Klamotten!"

Jetzt erkannte ich ihn wieder, er war einer von denen gewesen, die sich nicht mehr trauten, überhaupt ein kleines Wörtchen bei mir zu sagen. Tja, war wahrscheinlich sowieso besser für ihn, sonst würde ich mir jetzt wieder garantiert das Maul zerreißen.

„Äh, der raucht ja! Also ein Suchtl. Pfui Spinne."

Meine Freundin ignorierte meinen Ausbruch des Ekels gekonnt, hüpfte leichtfüßig von ihrem Hocker herunter und gab ihren Bewertungsbogen ab, während sie ihrem qualmenden White Boy zuwinkte.

Und ich fand immer was zum meckern – keine Sorge.

Kapitel 7

Als ich meine verquollenen Augen langsam öffnete, war das Erste was ich sah - ausnahmsweise nicht Elfis Zehen in meinem Gesicht - der eklige Regen, der die Straßen durchtränkte und alles in eine nasse und düstere Landschaft verwandelte. Na prima, ich hasse Regen. Meine Haare werden kraus, wenn ich den Regen nur angucke und außerdem mag ich die Feuchtigkeit nicht, die sich auf einen legt, sobald man versucht das Haus zu verlassen. Hinzu kam, dass es nicht bloß Regen war, nein, es musste auch noch donnern und blitzen. Ach ja und ein starker Wind wehte zusätzlich auch noch. Hurra! Ein perfekter Tag, um daheim zu bleiben. Um elf Uhr kam allerdings immer das Zimmermädchen und wollte wieder einmal versuchen mein Chaoszimmer zu reinigen, was ihr niemals richtig gelang, also mussten wir uns in die Lobby verdrücken. Hm, oder ans Frühstücksbuffet, diesen Ort statte ich schon lange keinen Besuch mehr ab.

Wer sein Essen nämlich nicht im Zimmer einnehmen wollte, konnte man sich dem „Friss so viel wie du willst" – Buffet unten im Speisesaal zuwenden. Genau das wollte ich jetzt. Ein wunderbares Frustessen an einem ekligen Spätsommertag.

Ich stupste meiner schlafenden Freundin in die Seite und versuchte sie damit aufzuwecken.

„Hey, Elfchen, Zeit zum Aufstehen! Lass uns ans Frühstücksbuffet gehen! Essen so viel wie du willst!"

Bei dem Wort „Essen" sah ich förmlich wie sich ihre Ohren spitzten und sie langsam ein Auge zu einem winzigen Spalt öffnete.

„Essen? Wo?"

„Na unten im Speisesaal. Ein riesiges Buffet mit den verschiedensten Leckereien! Komm, lass uns gehen, sonst ist das Beste weg."

Schwupps, schon richtete sich Elfi auf und verschwand flink im Bad.

„Bin gleich fertig!"

Währenddessen zog ich mich um und betrachtete meine verquollenen Augen in dem Spiegel, der an meinem Schrank befestigt war. Himmel, das wurde dann gestern doch ein wenig zu spät. Wir saßen dann noch ewig an der Bar und redeten über unsere Eindrücke des Abends. Besonders konnten wir uns über den prächtigen Paradiesvogel amüsieren.

„Steh nicht so faul da rum, ab ins Bad!", scheuchte mich Elfi vom Spiegel weg und tippte auf ihre imaginäre Armbanduhr. „Hopp, hopp!"

Nachdem ich mich einigermaßen annehmbar herrichtete und meine geschwollenen Augen mit eiskaltem Wasser kühlte, bewegten wir uns in Richtung Erdgeschoss, um unseren Hunger zu stillen.

Im riesigen Speisesaal wurden an der linken Seite ungefähr sieben Tische zu einer langen Bahn aufgereiht, die nun mit Dutzenden von Platten und Schüsseln bedeckt waren. Überall dampfte und duftete es, sodass uns das Wasser im Mund zusammenlief.

Sofort schnappten wir uns jeweils einen Teller und fingen an

uns etliche der Speisen aufzuladen. Unglaublich was für eine Vielzahl an Lebensmittel zum Frühstück aufgetischt werden konnte!

Als unsere Teller so voll beladen waren, dass wir das Tragen schon als Hanteltraining betrachten konnten, setzten wir uns an einen kleinen Tisch am Rande des Speisesaals direkt neben die Fensterfront, die uns einen herrlichen Ausblick auf den großen Hotelgarten bot, wenn es nur nicht so aus Strömen gegossen hätte.

„Ich hol uns noch etwas zum Trinken. Was willst du?", bot sich Elfi netterweise an.

„Bring mir doch einen Orangensaft mit. Ach und doch noch einen Kaffee! Dankeschön."

Während sie unsere Getränke besorgte, fing ich schon mal damit an meine ausgewählten Delikatessen zu probieren. Pochierte Eier mit Schnittlauch und knusprigen French-Toasts, dazu saftige Pfannkuchen mit Marmelade und zum Abschluss ein kleiner Obstsalat.

Es handelte sich um einen ziemlich großen Teller.

„Einmal ein frisch gepresster Orangensaft und einen ungesüßten Kaffee mit einem Spritzer Milch für die Lady und einen heißen Kakao mit Sahnehäubchen für mich."

So konnten wir einen ekligen Tag wie diesen gleich in einen fantastischen verwandeln.

„Und was steht heute auf dem Plan?", fragte mich Elfi mit vollem Mund und schob gleich noch einen Happen von ihrem Schokocroissant hinterher.

„Ich habe ja heute das Vorstellungsgespräch hier im Hotel und du wolltest dich wieder auf die Suche nach einem Job stürzen."

„Oh ja, hätte ich beinahe vergessen. Hoffentlich bekommst du die Stelle!"

Ja, das wünschte ich mir auch. An diesem Ort arbeiten, an dem ich sowieso am liebsten war und mittlerweile die meisten Menschen kannte. Es beruhigte mich zu wissen, dass ich nicht irgendwo in der Fremde einen Unbekannten von mir überzeugen musste, sondern schon grob die Wesenszüge des Hotelmanagers kannte. Ihm gehörten noch eine ganze Reihe weiterer Hotels in der unmittelbaren Region und Gäste bekamen ihn deshalb nur selten zu Gesicht. Aber ein, zwei Mal sah ich ihn zuvor und die Angestellten plauderten auch gerne darüber. Er hieß Lars Ernst und machte seinem Namen alle Ehre. Dennoch nahm ich ihn als einen gutmütigen Menschen und keinen Griesgram war, er behandelte alle seine Mitarbeiter respektvoll und mit viel Freundlichkeit. Das konnte nur Gutes für mich bedeuten.

„Wann hast du denn das Gespräch?"

Ich schaute auf die große Wanduhr, die am Eingang des Speisessaals hing.

„In drei Stunden."

„Ach, dann haben wir ja noch genügend Zeit zum Schlemmen."

Schwupps, verschwand das nächste Häppchen Essen in ihrem Mund. Zufrieden mampfte meine kleine Freundin und ich nippte nachdenklich an meinem Kaffee.

Seit geraumer Zeit hatte ich kein solches Vorstellungsgespräch mehr gehabt. Bei all diesen Minijobs wurde man ohne große Formalitäten per Handschlag eingestellt und ging nach ein paar Wochen oder Monaten wieder. Alles ohne Trara. Hierbei würde es wesentlich förmlicher zugehen und ich musste meine besten Manieren aus der verstaubten Schublade holen.

Apropos Staub, ließ ich meinen Anzug überhaupt reinigen? Oh, oh!

Die aufkommende Panik machte sich in mir breit. Ich hatte doch nicht etwa?

Mit einem Satz sprang ich auf, ließ wieder mal einen Stuhl zu Boden fallen und rannte entsetzt los in Richtung Fahrstuhl. Schließlich konnte ich unter keinen Umständen in Jeans und T-Shirt dort auftauchen! Heiliger Bimbam, bitte bitte, lass meinen Anzug sauber und frisch im Schrank hängen.

Die etwas verdutzte Elfi lief mir hinterher und schrie: „Was ist denn auf einmal in dich gefahren? Ist der Teufel hinter dir her, oder was?"

Unterdessen drückte ich vollkommen hektisch auf den Fahrstuhlknopf, damit er sich gefälligst zu mir bewegte. Aber pronto!

Schnaufend kam die unsportliche Naschkatze neben mir zum Stehen und sagte japsend sowie um Luft ringend zwischen etlichen Atemzügen:

„Also du spinnst wohl mich hier so rennen zu lassen."

Mit einer Hand lehnte sie sich an die gefliese Mauer und ließ ihren hochroten Kopf nach unten hängen. Keuchend kam Elfi wieder zu Atem und starrte mich mit zusammengekniffenen Augen an.

„Und was ist jetzt der Grund für diesen mörderischen Sprint? Und wehe, es ist kein guter!"

„Nur ruhig. Ich habe vergessen, ob ich meinen Anzug hab reinigen lassen oder ob er noch verdreckt in meinem Zimmer rumliegt. Den brauche ich doch unbedingt!"

Surrend öffnete sich der Fahrstuhl und ließ uns eintreten. Schnell drückte ich den Knopf, um in den vierten Stock zu gelangen – und das nicht nur einmal.

„Du weißt schon, dass hundertmal drücken auch nichts hilft?"

„Ja, ja, davon wird der Aufzug auch nicht schneller."

Als wir endlich in der vierten Etage ankamen und sich die Türen gerade mal einen klitzekleinen Spalt öffneten, quetschte ich mich hindurch und legte einen rekordverdächtigen Spurt in Richtung Zimmer 113 hin. Mit quietschenden Sohlen blieb ich vor meiner Tür stehen und kramte völlig hektisch den Schlüssel aus meiner Hosentasche. Unterdessen kam auch Elfi angewatschelt und beäugte meinen nervösen Kampf mit dem Schlüsselbund.

„Komm gib her, Zitterhändchen, lass mich das machen."

Damit riss sie mir den Bund aus der Hand, fand auf Anhieb den richtigen Schlüssel und sperrte auf.

Mit einem Satz war ich bei meinem Kleiderschrank und wühlte durch die Kleiderbügel.

Und da war er! Frisch gewaschen, gebügelt und in einer raschelnden Schutzhülle verstaut hing dort mein hinreißender Anzug. Na Gott sei Dank!

Ich ließ mich mit einem befreienden Seufzer auf das Bett fallen und zerstörte somit die mühevoll hergerichtete Ordnung des Zimmermädchens. War ja nichts Neues für das arme Ding.

„Du hast echt einen an der Waffel! So einen Stress zu veranstalten. Wegen dir sterbe ich noch irgendwann an einem Herzinfarkt."

Erschöpft ließ sich auch Elfi auf das Bett fallen und wir starrten beide an die weiße, mit Stuck verzierte Decke.

„So, nachdem wir auch etwas für unsere Fitness getan haben, was machen wir nun? Noch einmal in den Speisesaal zurückgehen, wäre ein wenig peinlich. Oder was meinst du?"

„Ich kann jetzt sowieso nichts mehr essen. Du hast meinen Körper geschunden mit diesem Schreckenslauf."

„Ja, ja, nur weil du keinen Sport gewohnt bist, faule Socke."

Ich drehte mich auf meinen Bauch und betrachtete eingehend meine fünf, nach Größe geordnete, Kissen.

„Schlag was vor, sonst schlafe ich wieder ein."

„Weißt du was mir gerade einfällt?"

„Nein, aber du sagst es mir sicher gleich."

Elfi schwang sich ebenfalls auf ihren Bauch und legte ihren Kopf auf ihre Arme.

„Ich frage mich, wann wir wohl von dem Speed Dating Bescheid bekommen, falls uns jemand näher kennen lernen will."

„War ja klar, dass du nur an das denkst. Und du meinst damit auch sicher einen ganz gewissen Jemand?"

Schon ohne Hinzusehen wusste ich, dass Elfi von einem Ohr zum anderen grinste. Viel zu schnell verfiel sie jedem Kerl, ohne dass derjenige irgendetwas dazu beitragen musste. „Mädchen, sei vorsichtig, gell? Nicht wieder zu schnell verlieben, wer weiß was dabei wieder alles rauskommt."

„Ach Hannah, wart's nur ab, bis es dich mal so richtig erwischt hat. Dann schauen wir wie du dich benimmst!"

„So eine vor sich hinschmachtende Romantikerin mit rosarotem Wunschdenken bin ich auch dann nicht, glaub mir!"

„Abwarten."

Die nächsten Stunden vertrödelten wir mit sinnlosem Gerede und vor sich hinstarren. Keiner konnte sich aufraffen, irgendetwas Sinnvolles zu unternehmen. Als es Zeit wurde, sich für das Vorstellungsgespräch herzurichten, raffte ich mich hoch und verwandelte mich ruck zuck in eine stilvolle Businessfrau. Eleganter Anzug mit hochhackigen Schuhen und die Kurzhaarfrisur mit etwas Gel schnell in Form gebracht. Bereit mir einen Job zu angeln!

„Wünsch mir Glück, kleines Elfchen."

Meine Freundin, die nervöser war als ich, umarmte mich hibbelig und drückte mir fest die Daumen. „Zeig's ihnen!"

Ein bisschen überfiel mich nun auch die Aufregung und mit angespannten Gliedern wanderte ich hinunter zur

Empfangshalle, wo mich der Hotelboss empfangen wollte. Meine schwitzigen Hände wischte ich unauffällig an meinen Hosenbeinen ab, schließlich sollte der Herr bei der Begrüßung nicht von glitschigen Froschfingern angefasst werden. Angekommen in der Rezeption wartete ich ungeduldig und hüpfte von einem Bein zum anderen. Herrje, stellte ich mich vielleicht an. Wie ein Frischling, der mit seinem neuen Schulabschluss in der Tasche sein allererstes Vorstellungsgespräch absolvieren soll. Schrecklich…

„Ach, Grüß Gott Frau Weber! Wollen wir gleich in die Lobby gehen?", ertönte hinter mir die tiefe und kehlige Stimme von Herrn Ernst, der mich mit einem warmen Händedruck begrüßte und gleich in die Lobby führte.

Etwas perplex nickte ich ihm nur zu und lief ihm hinterher. Wollte er etwa in aller Öffentlichkeit dieses Gespräch mit mir führen?

Mein Nicken registrierte er nicht einmal, dennoch umspielte ein freundliches Lächeln seine Lippen und er bat mich in einem der großen, weißen Sesseln Platz zu nehmen. Die Lobby wurde mit einer kleinen Bar ausgestattet, hinter der ein schick gekleideter Barkeeper gerade die Gläser polierte. Edle Deckenleuchter tauchten die kleine Halle in ein schummriges Licht, während draußen immer noch dunkle Wolken die Sonne verdeckten.

„Nun, Frau Weber, sie sind schon sehr lange ein geliebter Stammgast in unserem Hause, was hat sie dazu bewogen auf unser Stellenangebot zu reagieren?", eröffnete Herr Ernst das Vorstellungsgespräch.

„Ich wohne sehr gerne in ihren Räumen und habe einen regen Kontakt mit ihren Mitarbeitern, wie sie wissen. Deshalb dachte ich mir auch, warum nicht an einem Ort arbeiten, an welchem ich mich rundum wohlfühle und die gesamte Atmosphäre stimmt? Ich konnte schon oft beobachten wie hier die Arbeiten verrichtet werden, besonders an der Rezeption und das hat mir gut gefallen. Natürlich weiß ich, dass ich keinerlei Erfahrungen in diesem Gewerbe besitze, aber durch meine vielen verschiedenen Jobs, die ich ausgeübt habe, fällt es mir leicht, schnell dazu zu lernen und mich sofort zurecht zu finden. Ich passe mich rasch an und habe gerne mit Menschen zu tun."

Nach meinem langen und vorhin oft geübten Monolog schnaufte ich innerlich aus und wartete gespannt auf die Antwort des Managers. Als ich bemerkte wie sein Lächeln breiter wurde und er sich zu mir beugte, wusste ich, dass seine Antwort positiv ausfallen würde.

„Das dachte ich mir bereits. Schließlich holte ich mir die Meinungen meiner Angestellten über Sie ein und jeder war von ihnen angenehm angetan. Vielleicht gehe ich ein Risiko ein, wenn ich jemanden Unerfahrenes einstelle, aber ich kann mich auf meinen menschlichen Instinkt verlassen – und auf meine Mitarbeiter. Wenn sie wollen, können sie ab morgen anfangen!"

In mir breitete sich ein so großes Gefühl der Freude aus, dass ich diesen wunderbaren Mann ungestüm umarmte –

eigentlich neigte ich nicht zu solchen Gefühlsausbrüchen, außer verhielten sich negativ - und vor Glück wie ein Honigkuchenpferd strahlte.

„Danke, vielen vielen Dank!"

„Na, da freut sich aber jemand gewaltig. Dennoch muss ich eine Probezeit von drei Monaten festsetzen lassen, aber ich bin mir sicher, dass sie diese mit Bravour meistern werden. Wollen wir dann zum Vertraglichen übergehen?"

Hach, niemals hätte ich gedacht so schnell diesen Job zu ergattern. Keine wochenlange Wartezeit auf eine Antwort, verbunden mit bangvollem Hoffen oder tausend Gesprächsrunden. Nein, hier ging es zack-zack!

Die nächste halbe Stunde besprachen wir alles Notwendige, wie Gehalt, Arbeitszeiten, Urlaub und ich unterzeichnete meinen ersten Arbeitsvertrag als Vollzeitangestellte. Voller Stolz verabschiedete ich mich von meinem neuen Chef und trug die Kopie des Vertrages mit einem siegessicheren Lächeln zu meinem Zimmer hinauf. Dort erwartete mich auch schon Elfi, die erwartungsvoll auf dem Bett saß und mit großen Augen zu mir aufsah. Als ihr Blick auf das Blatt Papier in meinen Händen fiel, stieß sie einen spitzen Schrei aus und hüpfte freudestrahlend auf mich zu.

„Ach, Hannah, wow, gratuliere! Ich bin so stolz auf dich! Jetzt wirst du Kohlen scheffeln ohne Ende."

Wie ein kleines Kind hopste sie um mich herum und begutachtete das heilige Stück Papier.

„Und wie wollen wir das gebührend feiern?"

„Zuerst besuchen wir unseren lieben Gustl und teilen ihm unseren ersten Erfolg mit!"

„Oh ja, das ist eine super Idee, Hannah! Obwohl ich ja noch nichts dazu beigetragen habe…"

„Abwarten, dein Beruf kommt auch bald auf dich zu. Hast du schon ein wenig weiter die Stellenmärkte durchforstet oder mal eine Antwort auf deine Bewerbungen bekommen?"

Enttäuscht schüttelte Elfi ihr Köpfchen.

„Keine Reaktion bisher. Und in den Zeitungen war heute auch keine geeignete Stelle dabei."

„Nur nicht die Geduld verlieren. Da findet sich bestimmt bald etwas."

Ich hakte mich frohen Mutes bei Elfi unter und wir machten uns wieder einmal auf den Weg in die Innenstadt. Ab zu Gustl.

Im „Fitty Heaven" erwarteten uns muskelbepackte, schwitzende Kerle, die eindrucksvoll schwere Gewichte stemmten und dabei Urschreie wie Tarzan von sich gaben. Einige mutige Frauen mischten sich unters Volk und strampelten sich mühevoll an den Spinning Rädern ab.

Etwas orientierungslos standen meine Freundin und ich am Eingang und versuchten unseren Wettmeister zu sichten. Gegenüber von uns, auf der anderen Seite des Fitnessstudios, befand sich ein gläserner Raum, in dem wir Gustav entdeckten. Wild gestikulierend stand er vor einem Schreibtisch und redete anscheinend eindringlich auf jemanden ein, den er am Telefon hatte.

Gerade als wir uns auf den Weg zum Büro machten, knallte Gustl den Hörer wütend auf die Gabel und ließ sich erschöpft in seinen schwarzen Sessel fallen.

Zaghaft klopfte Elfi an der hellen Holztür, die nur angelehnt war und spähte in das Büro unseres Freundes hinein.

„Na, stören wir?"

Als er uns sah, hellte sich seine Miene wieder auf und mit einem herzlichen Lächeln auf den Lippen zog Gustl uns an seine Brust.

„Ach, Mädels, es tut gut euch zu sehen. Nur Ärger hat man als Chef."

„Spiel dich nicht so auf, du alter Macker. Gib es zu, dir gefällt es doch am längeren Hebel zu sitzen.", entgegnete ich wegwerfend.

Mit einem schiefen Grinsen stimmte er mir zu und wir Mädels setzten uns auf die einladende, kleine Couch, während sich Gustl in seinem Chefsessel breitmachte. Dabei faltete er seine großen Hände vor seinem gut trainierten Bauch, bis er uns fragte, warum wir in die Sporthölle kamen.

„Ui, wir haben supertolle Neuigkeiten! Also vielmehr Hannah als ich, aber egal.", plapperte Elfi auch schon drauf los.

„Also Hannah, was gibt's?"

„Tja, du kannst dich darauf gefasst machen, dass wir die Wette schon in absehbarer Zeit gewonnen haben. Ich habe heute meinen Arbeitsvertrag als Rezeptionistin unterschrieben."

Dabei bedachte ich meinen Freund mit einem siegessicheren Lächeln.

„Mooment, du hast was? Das geht mir aber ein bisschen zu fix! Beweismittel?", forderte Gustl etwas ungläubig und streckte seine Hand danach aus.

Feixend überreichte ich ihm die Kopie meines Vertrages und fühlte mich wieder wie ein Kind, dass ein Spiel für sich entscheiden konnte.

Anerkennend pfiff mein Freund durch die Zähne und begutachtete gewissenhaft das Beweisstück.

„Respekt. Willkommen im Reich der schuftenden Menschen! Und für dich, meine Kleine finden wir auch noch was Passendes.", meinte er und tätschelte Elfi liebevoll das Köpfchen wie bei einem kleinen Mädchen.

Darüber grinste sie und zeigte sich wie immer zutiefst positiv gestimmt. Niemand konnte ihre gute Laune trüben – außer es wurde richtig ernst oder ein schnulziger Liebesfilm lief, ohne Happy End.

Unsere kleine Dreierrunde beschloss einstimmig am Abend etwas gemeinsam zu unternehmen, schließlich wollten wir ja nicht wie alte Leute in unserer Wohnung beziehungsweise auf dem Hotelzimmer versauern. Es wurde Zeit mal wieder die Sau rauszulassen! Es gab ja auch etwas Schönes für uns zu feiern.

Wenn ich an dieses Blatt Papier in meiner Tasche dachte, schwoll meine Brust vor lauter Stolz an wie bei einem aufgeplusterten Gockel auf dem Rundgang über den Bauernhof.

„Sollen wir unsere alten Cocktailbars aufsuchen oder wollt ihr was Neues ausprobieren?", unterbrach Gustl meine Gedankengänge.

„Zuerst in eine gewohnte Bar, wie wäre es zum Beispiel mit dem "Blue"? Danach können wir ja eine von den neumodischen Szenediscos stürmen.", schlug Elfi unternehmungslustig vor.

„Damit bin ich einverstanden. Was sagst du dazu Gustl?"

„Logisch, dann machen wir wieder richtig einen drauf, wie früher!"

Wir verabredeten uns für zwanzig Uhr vor unserer alten Stammkneipe und Elfi und ich machten uns wieder auf die Socken in Richtung Hotel.

„Wollen wir unterwegs noch beim Arbeitsamt vorbeischauen? Vielleicht ist um die Uhrzeit nicht die Hölle los und wir könnten auch noch etwas für dich finden. Was meinst du?", schlug ich voller Tatendrang vor, schließlich sollte nicht nur mir, sondern auch meinen Liebsten Glück widerfahren. Es war selten, dass ich vor positiver Energie nur so strotzte.

„Ach, muss das sein… mmh ... schon wieder da rein?"

Urplötzlich verschwand Elfis gute Laune mit einem Schlag und sie stampfte mürrisch mit ihrem linken Fuß auf den Boden.

„Na na, sonst wird das doch nie was mit dir. Hopp! Du musst es ausnutzen, wenn ich so nett zu allen bin. Beweg deinen Popo mit mir zum Arbeitsamt."

Mit klimpernden Wimpern und großen Hundeaugen versuchte ich meine Freundin zu bezirzen. Dies klappte auch, denn diesem seltenen Anblick konnte niemand widerstehen – auch nicht sie.

„Von mir aus. Dann lass uns mal dahin watscheln."

Im Vergleich zu unserem letzten Besuch präsentierte sich das Arbeitsamt von einer komplett anderen Seite. Niemand rannte uns vor die Füße, alle Wartesitze blieben frei – der komplette Eingangsbereich sah aus wie leergefegt.

Ich wartete nur darauf, dass ein Steppenläufer wie im Western durch die Gänge rollte.

„Also, ganz geheuer ist mir das nicht."

Wir klopften vorsichtig an die Scheibe, die den Schreibtisch der Empfangsdame vom Wartebereich abtrennte und warteten darauf, dass jemand erschien.

Nach gefühlten fünfzehn Minuten bequemte sich eine etwas wohlbeleibtere Frau um die Fünfzig zu uns, während sie mit mürrischem Blick in ein Sandwich biss.

Schmatzend schob sie das Fenster auf und fragte mit vollem Mund.

„Was kann ich für sie tun? Haben sie einen Termin? In einer halben Stunde ist hier nämlich Feierabend."

Ächzend ließ sich die Dame auf ihren Schreibtischstuhl fallen, der sich unter ihrem Gewicht deutlich in Richtung des Bodens senkte.

„Ähm, wir haben keinen Termin, wir kommen um Arbeit zu suchen."

„Wer tut das nicht? Gehen sie den Gang runter und ganz hinten links, der Kollege hilft ihnen gleich weiter. Beim nächsten Mal beachten sie aber die Öffnungszeiten an. Wir sind ja hier kein vierundzwanzig Stunden Service."

Mit diesen Worten knallte sie Glasscheibe wieder zu und widmete sich hingebungsvoll ihrem Imbiss.

Achselzuckend folgten wir ihren Anweisungen und blieben vor der letzten Tür stehen. Dort warf Elfi einen schnellen Blick auf das kleine Schild, bevor wir anklopften.

„Noch mal eine Frau, wehe das ist auch wieder so ein Stinkstiefel."

Als ein „Herein" ertönte, betraten wir misstrauisch das Büro der Beraterin und atmeten erleichtert auf als eine äußerst sympathisch wirkende Frau uns empfing.

Mit einem freundlichen Lächeln forderte uns Elvira Schuster auf uns zu setzen. Sie trug ein frühlingsgrünes Kostüm, das allein schon für eine herrlich entspannte Atmosphäre sorgte. Glück gehabt.

„Also meine Damen, was kann ich denn für sie tun?"
Nun erläuterte Elfi ihr das Anliegen und im Nu wurde eifrig in den Computer getippt und fleißig ausgedruckt ohne Ende. Meine Freundin musste einen regelrechten Berg an Formularen ausfüllen – dort eine Unterschrift, hier eine Angabe und so weiter.

Ich lehnte mich gähnend in meinem Stuhl zurück und ließ mich von dem Papierrascheln und Getippe berieseln.

Eine Dreiviertelstunde später standen wir wieder vor dem Betonblock und gaben erschöpft einen Seufzer von uns. Elfi, weil sie einen ordentlichen Stapel an Stellenangeboten zum Durchsehen bekam und ich, da ich unsanft aus meinem Nickerchen gerissen wurde.

„Aber jetzt ab nach Hause, mir brummt der Schädel."
„Du sagst es."
„Faule Gurke, du hast eh bloß geschlafen."
„He, das ist Schwerstarbeit, wenn ihr dauernd so laut seid!"

Neckend machten wir uns auf den Weg nach Hause, also ins Hotel.

Nach all dem bürokratischen Schnickschnack stimmte es uns froh, dass wir uns abends so richtig gehen lassen konnten. Nicht was das Aussehen betraf, sondern was den Verstand anging. Heute wurde anständig gefeiert und alles andere außer Acht gelassen.

Zuerst brezelten wir uns richtig auf. Zentimeterdicke Schichten Make-up bedeckte unsere sonst sehr natürliche Haut, kunstvolle Frisuren thronten auf unseren Köpfen und knappe Kleidchen umschmeichelten unsere Figuren. Elfi trug ein lilafarbenes Glitzerkleid, während ich in einem ärmellosen türkisenen Kleid steckte.

Wir fühlten uns wieder wie damals mit achtzehn – junge, unschuldige Mädchen und doch voller Sünden im Kopf.

Während wir uns herrichteten, wurde auch schon die erste Flasche Blubberwasser geköpft, die uns schon in die entsprechende Stimmung versetzte. In meinem kleinen CD-Player dudelten elektronische Partylieder und tänzelnd standen wir vor meinem Kleiderschrank.

„Fehlt nur noch der letzte Schliff! Welche Schuhe?"
Es war bereits eine Selbstverständlichkeit, dass Elfi mittlerweile einen beachtlichen Haufen ihrer besten Schuhe bei mir bunkerte. Unser Glück bestand darin, dass wir auch noch dieselbe Schuhgröße hatten und so jeden Treter untereinander austauschen konnten.

„Probiere doch die silbernen Pumps an, wäre ein schöner Kontrast zu dem Türkis! Außerdem funkeln sie so wunderschön.", schlug mir meine Freundin vor, während sie sich noch großzügig ein weiteres Glas Sekt einschenkte.

Ich deutete ihr, dass sie meins auch noch mal befüllen

konnte und probierte ihre schicken Pumps an, die einen gefährlich hohen Absatz besaßen.

Schwankend stand ich auf und versuchte mich an der offenen Schranktür festzuhalten.

„Holla, da bin ich gleich zehn Zentimeter größer. Aber ich bezweifle, dass ich auf den Schuhen noch gehen kann, wenn ich voll bin wie eine Haubitze. Und genau das habe ich heute vor."

Inzwischen zwängte sich Elfi in schwarze Riemchenstilettos und stand nun ebenfalls ganz schön wankend neben mir.

„Vertragen wir überhaupt noch so viel Alkohol? Ich spüre jetzt schon jeden Tropfen von dem Blubberwässerchen."

„Ach, was soll's. Hat uns das früher gekümmert? Nö. Also ignorieren wir diese Tatsache heute Abend eben auch."

Mutig kippte ich den Inhalt meines Glases hinunter, schnappte mir meine Handtasche und war bereit zum Aufbruch.

„Los geht's! Solange unsere Frisuren noch sitzen und das Make-up nicht verschmiert ist."

Wir warfen uns noch die Mäntel über und stolzierten zur Party. Gott sei Dank beruhigte sich das seltsame Unwetter von heute Morgen schon am Nachmittag wieder, sodass wir ohne Sorgen um unsere Haare den Gang nach draußen wagen konnten.

In der U-Bahn trafen wir auch schon auf Gustav, der schick in Hemd und Chinos gekleidet, mit einer Flasche Sekt in der Hand winkte.

„Bereit zum Feiern, meine Damen?"

Kichernd wie Teenager verzogen wir uns ans Ende eines Zugabteils und teilten uns den Alkohol.

In unserer Stammkneipe angekommen, orderten wir gleich die erste Runde Cocktails – pappiger, süßer Alkohol, der gute Laune verbreitete. Malibu Kirsch, Strawberry Colada und für den Herrn eine Baileys Coconut Milk. Ich wusste nicht, welcher dieser Drinks klebriger und zuckriger schmeckte. Aber schließlich trank man so was nicht jeden Tag – flüssiges Hüftgold im Glas.

Mit unseren Cocktails in der Hand verzogen wir uns an einen Tisch in der Ecke - leicht abgeschirmt vom Rest der Bar, aber dennoch alles im Blickfeld. Elfi und ich machten es uns auf der erhöhten Eckbank gemütlich, während sich Gustl gekonnt auf einen Barhocker schwang.

„Also, Mädels, erhebt eure Gläser! Lasst uns anstoßen auf einen glorreichen Abend voller positiver Ereignisse und natürlich auch auf Hannahs erstklassigen Job! Prost!"

Klirrend stießen unsere Gläser aneinander und eine lange, beschwipste Nacht nahm ihren Lauf.

Nach ungefähr fünf weiteren Cocktails wagte sich unsere Dreierrunde dann auch einmal auf die kleine Tanzfläche, auf der sich schon einige Menschen tummelten. Ausgelassen und beschwipst bewegten wir unsere Körper im Rhythmus der Musik.

In diesen Stunden trübte kein einziger negativer Gedanke unsere Stimmung und wir konnten all unsere Alltagssorgen vergessen. Elfi und ich dachten nicht einmal daran, nach Männern Ausschau zu halten, obwohl wahrscheinlich etliche annehmbare Exemplare da gewesen wären. Aber die Partnersuche hatte in dieser Bar nicht die höchste Priorität. Hier zählte nur eins: Spaß!

Die Bässe gaben unseren Herzschlägen den Takt vor und wummerten um die Wette. Es war heiß, wir waren total verschwitzt und wie sonst jedem andern Tänzer auch, war es uns vollkommen egal. Hier ging es darum, seine Gedanken auszublenden und einfach nur der Musik zu folgen. Augen zu und immer dem Beat nach. Auch wenn die Lieder meist keinen tieferen Sinn hatten oder nicht einmal einen richtigen Text, war es der Rhythmus und die Melodie, der uns fesselte. Mit den Drinks in der Hand, die unsere heißen Gemüter minimal kühlten, legten wir einen Tanz nach dem anderen hin. Unsere Körper schlängelten sich nur so dahin, bis Elfi einmal nach einer kleinen Pause verlangte.

Etwas aus der Puste, schließlich waren wir lange Partynächte nicht mehr gewohnt, ließen wir uns auf die Barhocker nieder und orderten eine weitere Runde erfrischender Getränke.

„Ich würde sagen, wir kriegen das ganz gut hin mit dem Feiern, was meint ihr?"

Gustav war voll in seinem Element, seine Augen strahlten und ein Lächeln umspielte sein Gesicht. Auch wenn er sich oft wie ein Bauerntrampel benahm, das Tanzen packte ihn jedes Mal wie ein Fieber.

„Eindeutig! Trotzdem brauchen wir ältere Semester auch mal ein Päuschen."

Auf einmal stupste mich Elfi so heftig in die Schulter, dass sich mein Getränk vor Schreck über meinen Schoß ergoss. Igitt!

„Sag mal, bist du blöd? Bäh, das klebt jetzt den ganzen Abend noch an mir! Ich muss das Zeug raus waschen, bevor es noch richtig pappt. Elfi, du Sau."

Leicht verärgert über diese Schweinerei sprang ich auf und wollte in Richtung der Toilette verschwinden, da hielt mich meine Freundin zurück und wirkte dabei unglaublich aufgeregt. Mit weit aufgerissenen Augen sah sie mich an und wieder einmal hüpfte sie auf ihrem Hocker ruhelos auf und ab, so dass er fast zu kippen drohte.

„Halt, halt, Hannah! Guck doch mal, wer dort hinten in der Ecke steht. Aber nicht so auffällig! Aber schau doch! Siehst du ihn?"

Ich warf einen Blick in die Ecke, konnte aber niemanden erkennen, den Elfi so erregend fand, dass sie mich mit Cocktails bekleckern musste.

„Nicht da in die Ecke, dort hinten links, Mensch!"

Unauffällig deutete sie auf eine kleine Ansammlung junger Kerle, die mit Bieren in der Hand beieinanderstanden und redeten. Und da sah ich ihn. Elfis Auserwählten vom Speeddating. Okay, das hätte ich mir auch gleich denken können. Wenn ein Mann im Spiel war, hielt ich bei meiner Freundin alles für möglich.

„Soll ich hingehen und ihn ansprechen? Oder lieber nicht?"

„Brems dich mal, meine Liebe. Da musst du ganz dezent vorgehen.", mischte sich auch schon unser Experte in Sachen Flirt ein, „sprich ihn ja nicht selbst an. Das muss er selbst erledigen. Platzier' dich möglichst ganz unauffällig in seiner Nähe und mach ihn auf dich aufmerksam. Suche Augenkontakt, aber schaue dann einfach in eine andere Richtung. Du kennst ja die Lektion, was man(n) nicht haben kann…"

„…will er unbedingt erobern. Natürlich wissen wir das, Gustl. Komm, lass uns mal näher zu ihm gehen.", unterbrach ich den Love-Guru und wollte Elfi zur Mission „White Boy klarmachen" verhelfen, da kam mir natürlich Gustl in die Quere.

„Nichts da, lass mich das machen. Dadurch wirkt sie ja noch interessanter, wenn so ein heißblütiger Kerl wie ich neben ihr stehe und sie zum Lachen bringe."

„Eigenlob stinkt. Aber macht wie ihr wollt. Ich verkrümele mich wieder auf die Tanzfläche.", winkte ich ab und schnappte mein Glas, aber nicht ohne Elfi einen Mut spendenden Schulterklopfer zu verpassen.

„Schnapp ihn dir! Denk dran, heute bist du unwiderstehlich und sexy."

Mit dieser Portion Selbstvertrauen machten sich die beiden auf, um den Kerl zum Sabbern zu bringen.

Während ich meine Hüften schwang, warf ich immer mal wieder einen Blick zu dem Flirtmanöver hinüber. Und ich musste dabei feststellen, Gustls Taktik ging voll und ganz auf.

Jetzt lehnten sie an der Bar und Gustav setzte wirklich seinen ganzen Charme ein, sodass jeder mitbekam wie er versuchte Elfi aufzureißen. Auch Eric, Elfis Auserwählter, bemerkte die beiden und man sah ihm an, wie er neugierig wurde, als er meine Freundin wiedererkannte. Neugierig verfolgte ich das interessante Schauspiel und sah, wie sich ein anscheinend frustrierter Gustl wieder auf den Weg zu mir machte.

„Na, eine Abfuhr kassiert?"

„Und wie! Hast du gesehen, ob er darauf angesprungen ist?"

„Oh ja, er macht sich gerade auf den Weg zu Elfi. Hast du gut gemacht, das war wirklich täuschend echt euer Flirt."

Grinsend tätschelte ich ihm die Schulter, zumindest sah es so aus als ob ich ihm wegen seiner verpatzten Anmache Trost spenden würde.

Wir zogen uns ein wenig abseits von der Tanzfläche zurück, um ungeniert den weiteren Verlauf beobachten zu können.

„Oh oh schau doch, sie reden miteinander!"

Amüsiert warf Elfi ihre Haare nach hinten und präsentierte dem Herrn ihrer Wahl gekonnt ihren nackten Hals.

„Aber hallo, das ist ein eindeutiges Körpersignal! Elfi zieht alle Register."

Kichernd sahen wir, wie Eric zwei Getränke orderte und eins davon unserer Freundin reichte.

„Ich vermute ganz stark, dass wir beide den restlichen Abend ohne sie auskommen müssen."

„Ja, das befürchte ich auch. Wollen wir noch eine Runde tanzen?"

Gustl nahm mein Angebot an und somit beschlagnahmten wir noch einmal einen Teil des Platzes für uns.

Nach ungefähr einer Stunde kam plötzlich Elfi zu uns und plauderte ganz aufgeregt:

„Ist es okay, wenn ich euch alleine lasse? Eric hat mich gefragt, ob wir noch woanders hingehen wollen und hach, ich würde' so gerne mitkommen, aber wenn ihr lieber wollt, dass ich bei euch bleibe, schließlich ist es ja unser Abend, dann bleibe ich auch hier, aber hach, er ist so charmant und es läuft richtig toll und wir haben so viel gemeinsam und …"

„Halt mal die Luft an, meine Liebe! Geh ruhig mit ihm, so eine Chance darfst du dir doch nicht entgehen lassen!", unterbrach ich den Wortschwall und schickte sie fort zu ihrem Angebeteten.

Dankbar küsste sie Gustl und mich und verschwand erneut in Richtung Bar.

„Und was machen wir nun? So allein gelassen?"

„Also ich hätte Lust jetzt irgendwas zu essen. Wie sieht es bei dir aus?"

„Gute Idee. Johnnys Pizzazentrale?"

„Gebongt!"

Mit knurrendem Magen machten wir uns auf und verbrachten Pizza kauend die restlichen Stunden der Nacht, bis es um vier Uhr morgens langsam hell wurde.

Als wir Übriggebliebenen die große Hauptstraße durch die Stadt entlanggingen und sich allmählich die Straßenlaternen ausschalteten, um dem Morgenlicht Platz zu machen, fragte ich meinen Freund, ob er die restliche Nacht mit im Hotel schlafen oder sich auf den Heimweg machen wollte.

„Was ist denn das für eine Frage! Wenn Elfi klug ist, kommt sie nach ihrem Rendezvous gleich ins Hotel und dann will ich auch alle Details wissen. Schließlich handelte es sich ja um meinen Masterplan, der ihn dazu gebracht hat, Elfi anzuquatschen."

„Meinst du wirklich, dass sie noch zu uns kommt?"

„Goldene Dating-Regel! Bloß nicht beim ersten Date mit dem Kerl oder wahlweise der Frau in die Kiste hüpfen. Außer man ist von vornherein nur auf Sex aus."

„Du kennst doch unsere Romantikerin. Bei ihr ist es Liebe auf den ersten Blick und dann verbringt man gleich eine wunderbare gemeinsame Nacht. Für ihn ist es dann nur ein schneller Fick, der ganz leicht zu haben war."

„Sei mal nicht so zynisch. Ich habe das Elfi davor noch eingebläut."

Gut, darüber fühlte ich mich erleichtert. Wenn irgend so ein dahergelaufener Typ meinem Tollpatsch wehtun würde, dem schlug garantiert sein letztes Stündlein.

Gustl betrachtete mich mit einem skeptischen Blick. „Du schmiedest doch nicht etwa schon wieder Mordpläne? Vergiss es, dass würde bei dir eh nur schiefgehen. Willst du ihn verbrennen, zündest du dich nur selber an. Wenn du ihn abknallen willst, triffst du dich selbst. Wenn…"

Empört unterbrach ich ihn: „Na, hör mal! So dusselig bin ich aber auch nicht. Das würde eher zu Elfis Muster passen."

„Logisch. Du ziehst aber das Unheil magisch an, schon vergessen?"

Da hatte er zweifellos Recht. Wie sollte ich da jemals unter diesen Umständen bloß den richtigen Mann finden?

Kapitel 8

Im Hotel angekommen schliefen wir ziemlich schnell ein und bekamen nicht einmal mit, wie Elfi sich um kurz nach sieben Uhr zu uns ins Bett schlich. Erst als ich gegen elf Uhr meine Augen langsam öffnete, weil es dermaßen nach Käse stank, sah ich ihre Füße – natürlich direkt in meinem Gesicht. Einen Ekelsschrei ausstoßend kickte ich ihre Limburger Käsefüße weg und drehte mich angewidert in die andere Richtung.

Allerdings erschrak ich auch dort wieder. Diesmal lag mir ein sabbernder Gustl gegenüber, der einen seltsamen Ausschlag im Gesicht hatte.

„Ähm, Gustoo, deine Haut sieht ein wenig abartig aus. Du hast überall so große, rote Pusteln."

Schmatzend öffnete er seine Augen und wischte sich den leicht eingetrockneten Sabber aus dem Gesicht. „Hä, wie, was, Ausschlag? Wo denn?"

„In deinem GESICHT!", entgegnete ich mit etwas mehr Nachdruck.

Währenddessen wachte die stinkende Elfi ebenfalls auf und beäugte unseren Freund auch etwas misstrauisch. „Was hast 'n du gemacht?"

„Ja, woher soll ich denn das wissen. Schaut es schlimm aus?"

Wir nickten einstimmig und antworteten im Chor: „Übel!"

Seufzend schwang sich der Pustelgeplagte aus dem Bett und marschierte schnurstracks zum Spiegel.

„Heiliger Strohsack!" Völlig entsetzt fuhr er mit den Fingern über seine Haut. „Was soll denn das sein? Herr Gott noch mal! Ich habe doch heute ein Date!"

„Ich glaube, das kannst du knicken. Außer du willst deine Liebste vergraulen."

Mit einem Ächzer schwang ich mich auch aus den Federn und suchte das Telefonbuch.

„Du solltest es erst einmal mit einem Hautarzt probieren."

Darauf schüttelte Elfi sofort den Kopf. „An einem Samstag hat sicher kein Hautarzt mehr auf. Da musst du schon ins Krankenhaus fahren. Oder bis Montag warten."

„Also, Meister, sollen wir ins Krankenhaus mit dir gehen?", zwang ich den immer noch verstörten Gustl zu einer Entscheidung.

„Ha, da fällt mir was ein! Hatten wir vor einem Jahr nicht das gleiche Problem? Lasst mich überlegen... Damals waren wir doch zusammen in Johnnys Pizzazentrale, oder? Und was hast du gegessen? Hm...", grübelte Elfi und starrte angestrengt in die Ferne, um ihr Gedächtnis anzukurbeln.

„Sardellenpizza! Und genau die hat er gestern auch verputzt. Mensch, Gustl, wie konnten wir das vergessen!", schoss mir der Geistesblitz in den Kopf und unser Freund erwachte dadurch aus seiner Starre.

„Ach ja genau, das hatte ich schon ganz verdrängt. So ein Mist. Ich muss mir so was echt aufs Hirn schreiben, damit ich das nicht vergesse..."

Darüber konnte ich nur mit den Augen rollen und fragte in die Runde, was wir denn letztes Mal als Heilmittel für den grässlichen Ausschlag benutzten.

„Irgend so eine komische Paste, da hat er doch ausgesehen wie ein kleiner Alien. Vielleicht steht sie ja noch im Badeschränkchen?"

„Na ja, ob die dann noch haltbar ist, ist eine ganz andere Frage."

Mit diesen Worten stampfte ich zu dem kleinen silbernen Badekästchen und wühlte mich durch die ganzen Waschutensilien. Ganz hinten lag eine kleine weiße Verpackung, die eindeutig wie eine Salbe aussah. Ich studierte das Haltbarkeitsdatum und stellte dabei fest, dass sie noch nicht abgelaufen war! Erst in einer Woche...

„Gut, dass wir immer alles aufheben. Sonst wärst du jetzt aufgeschmissen, Pickelgesicht."

„Ja, ja, was würde ich bloß ohne dich und deine Beleidigungen machen."

„Tja, ich hole euch bloß immer wieder auf den Boden der Tatsachen zurück, dass ihr nicht abhebt vor lauter Selbstliebe. Und jetzt her mit dem Gesicht!" Ich quetschte einen ordentlichen Haufen aus der Tube und verteilte die grüne Masse auf dem Gesicht von Gustl. Langsam nahm er die Formen des kleinen E.T. an.

„Hübsch bist du, muss man schon sagen.", betrachtete Elfi das künstlerische Meisterwerk.

„Und wie lange sollte ich das Zeug jetzt drauf lassen?" Ich nahm die Verpackung wieder in die Hand und suchte nach einer Gebrauchsanweisung.

„Hm, gute Frage." Natürlich war kein Zettel mehr in der Packung und außen stand auch kein brauchbarer Hinweis.

„Vielleicht wie bei einer Gesichtsmaske so zehn bis fünfzehn Minuten?", schlug Elfi vor.

Weil wir nichts Besseres wussten, probierten wir ihren Vorschlag einfach aus. Noch röter und entzündeter konnten die Pusteln sowieso nicht mehr werden.

Als wir alle drei wieder etwas entspannt auf dem großen Bett lagen und vor uns hin sinnierten, schoss mir plötzlich ein Gedanke durch den Kopf.

„Moment mal! Jetzt kommt's mir erst! Sag mal, Elfi, wolltest du uns gar nicht von deiner tollen Nacht erzählen?"

Ihre Gesichtsfarbe erinnerte augenblicklich an die roten Pusteln von Gustl und sie musste sich mühsam ein Grinsen verkneifen.

„Aaach, ich will doch nichts verschweigen…"

„Ja dann mal raus mit den Details! Wann bist du überhaupt gekommen?"

Elfi drehte sich auf den Bauch und wickelte sich in die flauschige lila gemusterte Decke ein.

„Am Anfang haben wir noch über Donnerstag geredet, du weißt schon, die ganzen Kandidaten und so, aber dann sind wir über unsere Hobbys und Interessen ins Plaudern geraten, bis er gesagt hat, dass wir doch besser an einen ruhigeren Ort zum Reden gehen sollten. Und er war wirklich hinreißend! Charmant, aufmerksam, ganz der Gentleman! Das einzige Manko ist die elendige Raucherei. Circa alle halbe Stunde musste er sich eine Zigarette anstecken, aber mei, mittlerweile darf man bei seinem Traummann nicht so wählerisch sein, heutzutage ist es ja schwer überhaupt einen Kerl zu finden und…"

Ungestüm unterbrach ich Elfi in ihrem ausschweifenden Geschwafel und bat sie auf den Punkt zu kommen.

„Details wollen wir wissen über dein Date und nicht über deine gesamte Lebenseinstellung! Die kennen wir doch schon!"

„Ja, ja, sei mal nicht so grob. Also wir sind dann noch in eine etwas gemütlichere Bar gegangen, hab' allerdings vergessen wie die heißt, und da haben wir noch ewig gequatscht. Und wir sind total auf einer Wellenlänge! Hach, er geht genauso gern spazieren wie ich und ist auch ein Feinschmecker! Ach und er hat zwei Kinder und eine Noch-Ehefrau, aber er liebt den Sommer und lauscht gerne Gitarrenklängen. Außerdem hat er sogar ein eigenes Auto! Ist ja eine Seltenheit bei uns in der Großstadt."

Gustl und ich trauten unseren Ohren kaum, was Elfi so unauffällig und ganz beiläufig in ihre Schwärmerei mit eingeflochten hatte. Der Kerl war schon Vater und auch noch verheiratet? Da kam ich jetzt nicht ganz mit. Gustav ging es anscheinend genau so, denn diesmal unterbrach er unsere verliebte Freundin.

„Jetzt mal ganz langsam! Der hat zwei Kinder? Wie alt war der noch mal?"

„Er ist drei Jahre jünger als ich."

„EINUNDZWANZIG? Und dann schon zwei Kinder?"

Entsetzt schüttelte ich den Kopf. Was war nur mit den Menschen los?

„Und was ist mit seiner Frau?", hakte Gustav ebenfalls ein wenig erschüttert nach.

„Noch-Frau, bitte. Die Scheidung läuft gerade durch."

Es ist doch immer dasselbe mit den jungen Ehen. Kennen sich vielleicht eine halbe Minute, wenn überhaupt, dann machen sie ein paar Kinder, heiraten sofort und nach maximal drei bis vier Jahren ist der ganze Spuk wieder vorbei. Und mit so etwas kann man sich die ganze Zukunft versauen. Und die armen Kinder können einem leidtun. Na Prost Mahlzeit!

„Aber er ist so sympathisch und er hat so liebevoll von seinen zwei Kindern erzählt, er kümmert sich jedes Wochenende um die beiden. Sie sind sein Leben!"

„Und hat er wenigstens eine anständige Arbeit?"

„Ja, er ist bei irgendeiner Baufirma in Vollzeit beschäftigt."

„Wenigstens etwas."

Ich war ein bisschen verstimmt und konnte mir in Gedanken schon ausmalen, was das für ein Mistkerl war. Mein Instinkt betrog mich bei Menschen nie. Man konnte nur das Beste hoffen, denn Elfi konnte man nichts mehr ausreden.

„Also meine Liebe, dann sei wenigstens vorsichtig. Abhalten ist bei dir sowieso zwecklos."

Gustl war nach wie vor noch wie vom Donner gerührt und pflichtete mir nickend bei. Wahrscheinlich war er derselben Meinung wie ich.

Von dieser dramatischen Nachricht geplättet, schwiegen wir drei uns an und die Stille legte sich wie ein schwerer Vorhang über uns. Draußen schien nach dem gestrigen Regenwetter die Sonne munter und strahlend hell durch das Hotelfenster und tauchte die ganze Umgebung in ein honiggelbes Licht.

In diese Geräuschlosigkeit hinein meldete sich auf einmal Gustav zu Wort:

„Elfi, du musst dir bewusst sein, wie schwierig so eine Beziehung sich gestalten kann. Wann könnt ihr euch dann großartig sehen, wenn das Wochenende für seine Kinder reserviert ist? Das solltest du dir genau überlegen, bevor du dich auf diesen Eric einlässt, in Ordnung?"

Mit leiser Stimme antwortete unsere Freundin eingeschüchtert, dass sie darüber nachts schon nachdachte und für sie die Kinder keine Hürde wären. Die Liebe würde doch alles überwinden, wenn sie bloß stark genug war für alle auftretenden Schwierigkeiten

Wie konnte da noch jemand widersprechen?

Natürlich gab es Liebespaare, die zusammen die schwierigsten Tiefen überwanden und immer noch verliebt ineinander waren wie am ersten Tag, doch zweifelte ich erheblich daran, dass dies beim dubiosen Eric der Fall sein würde. Wenn ich meiner Freundin diese Überlegungen jedoch sagen würde, käme nichts Gutes dabei heraus. Gerade extra würde sie zu ihm gehen wie ein trotziges Kind.

So mussten wir sie machen lassen und dabei zusehen wie sie unweigerlich in ihr Unglück rannte.

Nach zwei Monaten voller Stress zog langsam der Herbst in das Land ein und die ersten Blätter segelten raschelnd zu Boden. Meine Tage bestanden nur aus Arbeit, welche kein Zuckerschlecken war, da ich jede Menge zu Lernen hatte und abends nur noch todmüde ins Bett fiel. Währenddessen beschäftigte sich Elfi mit vielen Bewerbungsschreiben und mit ihrem Eric, wobei ich mich da durchaus zurückhielt und mir meinen Teil dachte. Mir war dieser Mann grundsätzlich unsympathisch und ich traute ihm keinen Millimeter über den Weg.

In dieser Zeit sahen wir uns nur selten, der Kontakt bestand lediglich aus diversen nächtlichen Anrufen, um uns auf dem Laufenden zu halten.

Da Elfi aber insgeheim meine Meinung über ihren neuen Lover ahnte, erfuhr ich nicht viel darüber und fragte auch nicht nach.

Nun schafften wir es aber endlich einen Mädelstag für uns beide zu organisieren. Meine Freundin sollte mittags in das Hotel kommen, um einen gemütlichen Snackabend zu zelebrieren. Ungeduldig saß ich auf meinem Bett und schaute mit leicht säuerlichem Blick auf meine Uhr.

Sie hätte schon vor einer halben Stunde hier sein sollen! Elfi war natürlich öfters unpünktlich, aber mehr als fünfzehn Minuten waren das meist nie. Da ich diese Warterei verabscheute, griff ich zur Beruhigung noch mal in eine der Snackschüsseln. Der kleine Tisch direkt neben dem Bett war bedeckt mit unzähligen Schüsseln und Schälchen voller Chips, Schokolade und Dips. In dem Moment als ich mir gerade eine Handvoll Erdnussflips genehmigen wollte, klopfte es zaghaft.

Na endlich!

Ächzend erhob ich mich von dem eindeutig zu kuschelweichem Bett und öffnete die Zimmertür.

Vor mir stand eine in sich eingesunkene Elfriede mit geröteten Augen, die ihre rosa Handtasche mit beiden Händen festumklammerte.

Als sie mich sah, brach Elfi weinend im Gang zusammen und stotterte, dass Eric sie abservierte

Oh, nein, da hatten wir das Schlamassel!

Schockiert und beunruhigt sah ich zu, dass ich das Häufchen Elend erst einmal in mein Zimmer bugsierte und auf das Bett hievte.

„Mensch, Elfi, sei doch froh, dass du den Kerl los bist! Der hätte dir nur noch mehr Ärger beschert. Wenn der jetzt schon eine Exfrau und zwei Kinder an der Backe hat, wird das in kürzester Zeit immer mehr werden. Glaub mir, die nächste Tusse, der er ein Kind macht und dann vor den Altar zerrt, ist nicht weit!", versuchte ich den Tränenfluss meiner deprimierten Freundin zu stoppen. Doch diese heulte erneut laut auf und schniefte verzweifelt in ein Taschentuch.

„Aber mich wird er nicht heiraten!", stieß sie unter zwei Schluchzern hervor.

„Wie, was heiraten?"

Perplex schaute ich in die mit Make-up verschmierten Augen von Elfi, bis endlich der Groschen fiel.

„Du meinst doch nicht etwa…?"

„Ich bin schwaaaanger…"

Und schon beutelte sie die nächste Weinattacke, während ich erschrocken und mit weit aufgerissenen Augen auf ihren Bauch starrte.

„Heiliger Scheißdreck. Elfi, das tut mir leid, so habe ich das doch nicht gemeint! Du bist doch keine dahergelaufene Tussi, du bist einfach nur eine viel zu gutmütige Frau, die immer auf die falschen Kerle reinfällt. Komm her, mein Mäuschen!", versuchte ich dieses arme Opfer der miesen Macho-Tour zu besänftigen und zog sie tröstend in meine Arme. Sanft streichelte ich ihr übers zerzauste Haar und flüsterte beruhigende Worte in ihr Ohr, bis schließlich die Tränen versiegten.

Nachdem meine Freundin sich ordentlich die Nase putzte und ihre nassen Wangen trocknete, erklärte sie mir wie das passieren konnte.

„Du weißt ja, dass wir uns ein paar Mal verabredeten. Er war so charmant und aufmerksam, machte mir Komplimente, brachte mich zum Lachen. Dann gestand er mir sofort beim ersten Abendessen, dass er sich in mich verguckt hatte. Ich bin doch so romantisch, ich habe gedacht, das wäre Schicksal. Endlich hätte ich einen sensiblen und einfühlsamen Mann gefunden, der zu seinen Gefühlen steht. Ich konnte ja nicht ahnen, dass es seine miese Masche war, um mich so ins Bett zu bekommen. Nach dem dritten Treffen landeten wir auch im Bett. Vor lauter Herzchen und Blümchen hatte ich ganz vergessen, dass ich die Pille gar nicht mehr nahm, ich hatte ja schon ewig keinen Sex mehr. Im Eifer des Gefechts fiel mir das einfach nicht auf. Und er wollte natürlich kein Kondom benutzen, da es nur „die wunderbare Nähe unserer intimsten Stellen stören würde". Ich bin so eine doofe Kuh, wie konnte ich nicht daran denken?! Und bei meinem Glück werde ich gleich auf Anhieb befruchtet. Ach, Hannah, was soll ich nur

machen? Ich habe mir immer so sehr ein Kind gewünscht. Aber doch nicht so! Wie soll ich das denn
alleine bewältigen, ohne Mann und Job?"

„Scheiße. Und du hast mit dem Kerl auch schon darüber geredet?"

„Ja, gleich als die Klarheit in mir wieder zurückgekehrt
war und mir diese Tatsache wie Schuppen vor Augen
abgefallen ist. Da habe ich gleich einen Schwanger-
schaftstest gemacht, zur Sicherheit, ich hätte ja nie gedacht, dass es wirklich so sein könnte. Schließlich ist
meine Regel fällig gewesen und die ist normalerweise so
pünktlich, dass man die Uhren nach ihr stellen kann.
Als der Test positiv war, habe ich ihn prompt angerufen. Er ist ausgeflippt, hat mir Vorwürfe gemacht und
ins Telefon geschrien, dass er schon zwei Plagen hat
und nicht noch ein drittes bräuchte. Ich soll es gefälligst
wegmachen und ihn nie wieder belästigen, er wollte
schließlich nur mit mir bumsen. Na ja, und dann bin ich
sofort zu dir…"

Trost suchend kuschelte sie sich fester in meine Arme
und schaute mich ratsuchend mit ihren wassergefüllten
Augen an.

„Ach Elfi, das kriegen wir schon hin. Du hast doch
mich und Gustl. Zu dritt ziehen wir den kleinen Fratz
schon groß. Ich verdiene jetzt gut und unterstütze dich
mit jedem Cent, den ich aufbringen kann. Wir sind eine
Familie und halten zusammen. Scheiß auf den Blödmann. Wenn du das kleine Ding in deinem Bauch behalten willst, ziehen wir das gemeinsam durch. Für so was
gibt es ja Freunde. Der Arsch darf dann auch für das
Baby zahlen! Dem leiern wir schon das Geld aus der
Tasche, verlass dich drauf."

Ich kniff ihr liebevoll in ihr Bäckchen und lächelte sie
aufmunternd an.

„Lass dir alles in Ruhe durch den Kopf gehen. Triff deine Entscheidung, wenn du meinst, du bist soweit. Nichts überstürzen. Ein Kind ist eine große Verantwortung. Egal, welche Entscheidung du triffst, ich bin jederzeit für dich da, okay? Und jetzt wird nicht mehr geweint. Komm, wir machen uns jetzt einen gemütlichen Filmabend mit massig Schokolade!" Schon huschte ein kleines Lächeln über Elfis Lippen und dankbar umarmte sie mich heftig.

Mit leiser Stimme hauchte sie ein „Okay" und wir verbrachten den restlichen Abend damit schnulzige Liebesfilme mit

Happy End anzuschauen und tonnenweise Vollnussschokolade zu verputzen.

Das Leben gestaltete sich nicht leicht, aber man konnte es sich immer ein wenig versüßen.

Mit den anderen Menschen zwängte sich Elfi durch die U-Bahn, bis sie endlich einen Sitzplatz ergatterte und sich dort aufatmend niederließ. Vorsichtig streichelte sie ihren Bauch, der sich noch nicht sonderlich veränderte, aber trotzdem ihr Kind darin beherbergte. Es war ein seltsames Gefühl, dass dort ein kleiner Mensch heranwuchs, besonders da sie alleine war und kein Ehemann ihr zur Seite stand, so wie sie es sich eigentlich als kleines Mädchen erträumt hatte. Aber dennoch strömte durch ihren Körper ein derartiges Glücksgefühl, wenn sie an ihr Baby dachte, dass die Tatsache ein Leben als Single zu führen, nicht weiter dramatisch erschien.

Mit ihren Händen versuchte sie ihren Bauch vor allem Bösen zu beschützen, dass nichts und niemand ihrem winzigen Engel jemals etwas antun könnte.

Ein Lächeln breitete sich auf ihren Lippen aus und diese einzigartige Empfindung voller Hoffnung und Glück konnte jeder Mensch in ihrem Gesicht deutlich ablesen. Dabei konnte Elfi nicht ahnen, dass diese Mutterliebe sich so stark und überaus mächtig entwickelte und sie jeden Tag aufs Neue überraschte wie so ein Geschöpf, dass bis jetzt nur in ihrem Körper existierte, ihr komplettes Leben beeinflussen konnte. Es war einfach unglaublich.

Eigentlich hielt sie es vom ersten Moment für unbestritten, dass sie das Kind behalten wollte, auch wenn der Vater sich als egoistischer Mistkerl verhielt und sie nur als sein Bumshäschen betrachtete.

Außerdem lebte sie nicht als erste alleinerziehende Mutter auf diesem Planeten, da würde sie diese Herausforderung auch meistern. Nichts ging schließlich über ihre beiden Freunde.

Jeder konnte wirklich froh sein, wenn sich solche Menschen in unmittelbarem Umfeld befanden. Ihre Eltern durfte sie auch nicht vergessen zu erwähnen. Alma freute sich so darüber ein Enkelkind zu bekommen, egal ob mit oder ohne Schwiegersohn!

Zur Feier der Nachricht gab es dann erst einmal eine schnell herbei gezauberte Sahnetorte, und ihr Papa nahm sie fest in seine kräftigen Arme. Papas Umarmungen fühlten sich an, wie bei Balu, dem Bären aus dem Dschungelbuch. Dabei konnte man sich fallen lassen und „alle Sorgen über Bord werfen".

Jetzt in der U-Bahn spürte sie wieder die Wärme von ihrem Papa und grinste weiterhin.

Aus ihrer kleinen Handtasche kramte Elfi ein rosa glänzendes Notizbuch, und begann damit ihre Babyliste zu ergänzen. Diese umfasste jetzt schon zwei Seiten, und nahm überhaupt kein Ende!

Hannah hatte die Liste mit ihr begonnen, nachdem sie endlich Bescheid wusste. Gut, dass sie ihre Freundin an ihrer Seite hatte. Die dachte gleich an rationale und praktische Dinge, die Elfi erst dann einfielen, wenn sie schon benötigt wurden.

Es war unglaublich was für so einen Zwerg alles gebraucht wurde.

Wer sich in der Erwartung eines Babys befand und diese supersüßen Babyartikel sah, dann möchten diese Frauen doch direkt alles Mögliche einkaufen. Strampler in allen Farben, Söckchen und Minischuhe in allen Variationen, eine hübsche Wickelkommode, sowie Trilliarden von Windeln, aber auch duftende Schnuffeltücher und jede

Menge Schnuller in den unterschiedlichsten Formen, ein stabiles Bettchen und das war noch nicht einmal das Wichtigste.

So viel Geld verdiente doch kein Mensch. Hoffentlich bekam sie viel geschenkt. Das machte die Sache dann schon erheblich leichter.

Dann gab es aber noch die ganzen Sachen, die eigentlich niemand benötigte, aber unbedingt haben wollte, weil sie so unglaublich niedlich waren! Kleine Kärtchen für jeden Monat der Schwangerschaft zum Fotografieren, tausend Schwangerschaftskalender zum Selbst ausfüllen, Armkettchen und die Liste könnte noch ins Unendliche fortgesetzt werden.

Ihr bisschen Geld musste sich Elfi aber gut einteilen, damit sie über die Runden kommen würden. In ihrem Zimmer musste sie deswegen auch umräumen, und den Platz schaffen für eine Babyecke. Diese würde sie dann in einem satten Froschgrün streichen. Die Möbel weiß und dann Waldtiere als Aufkleber an die Wand. Ein Kichern stahl sich aus ihrem Mund, während sie vor sich hin kritzelte.

Sie war gerade auf dem Weg nach Hause, hatte kleinere Einkäufe neben sich in einer lila gepunkteten Stofftasche liegen und freute sich auf Hannah.

Ihre sonst so zynische Freundin versuchte zwar ihre Freude über das Baby zu verstecken, aber dafür kannten sie sich viel zu gut, als das dies funktionieren würde. Gemeinsam juchzten sie über winzige Babysöckchen und beäugten die teils ekligen Fotos in den Schwangerschaftsratgebern.

Heute Abend nach Hannahs Schicht war ein Themenabend geplant. Gestern hatte sie sämtliche Filme in der Videothek ausgeliehen, die im Entferntesten mit dem Thema Schwangerschaft zu tun hatten. Darunter waren

Liebeskomödien wie „Beim ersten Mal" oder Horror-
filme wie „Rosemarys Baby".

Hach, das würde ein Spaß werden.

Popcorn, Schokolade und diverse andere Süßigkeiten
hatte sie besorgt, jetzt konnte dem vergnüglichen Abend
nichts mehr im Wege stehen.

Mit ihrem Notizbuch machte es Elfi sich so gut es ging
bequem und träumte die restliche Fahrt vor sich hin.

Kapitel 10

Oh Gott... irgendwie kam mir dieser Mann so unglaublich bekannt vor. Woher bloß? Die verwuschelten etwas längeren dunkelbraunen Haare, die ausdrucksstarken und emotionalen Augen, der Drei-Tage-Bart, das verschmitzte Lächeln und die sehnigen Formen seines Körpers, die sich unter seiner Kleidung abzeichneten...Himmel...wie konnte das möglich sein??

Sicher erinnert ihr euch alle an den ersten Traumtypen, den man in seinem noch unerfahrenen Kopf zusammen fantasiert und Tag für Tag ausgemalt hat und dennoch nie finden würde, so viel stand fest. Und da spaziert auf einmal meiner zur Tür herein.

Und diese dramatischen Augen! Sein Gesicht so sanft wie die Haut eines Pfirsichs, seine Augen strahlend wie der Mond, seine Lippen geschwungen wie eine Feder, seine muskelbepackten Arme straff wie die eines Bodybuilders und seine starken Hände, die mich zart berührten - hach... das konnte nur Er sein. Seine Haare, die sich in der Stirn leicht kringelten und von sonnengefärbten Strähnchen durchzogen waren, zeugte von so einer Fülle, dass ich verführt war, da hindurch zu streicheln. Das Prickeln in meinem Bauch legte meine sämtlichen Gehirnaktivitäten lahm und ich sah nur noch Ihn. Wie konnte ein einzelner Mensch nur so perfekt sein? Die kleine Narbe an der Stirn verlieh Ihm ein leicht wildes Aussehen, wie Mel Gibson in dem Film „Braveheart". Ein hungriger Krieger, der nach Lust und Liebe gierte...Hach, jetzt dachte ich auch schon so, wie die ganzen Schnulzroman-Autoren. So weit war es gekommen. Und jetzt sollte ich aufhören zu schwärmen und mich einmal auf die Realität konzentrieren. Dieser eben beschriebene Mann stand schief grinsend vor mir, tippte mit seinem Zeigefinger auf meine Hand und wartete anscheinend auf eine Antwort meinerseits. Verdammt, immer diese schändlichen Tagträume…

„Ähm, … Entschuldigen Sie bitte, haben Sie mit mir gesprochen?"

„Ja, selbstverständlich. Ich habe Sie gefragt, ob ich meinen Zimmerschlüssel bekommen könnte."

Ach herrje, ich sollte natürlich nicht vergessen, dass ich gerade am Empfangstresen des Hotels stand und eigentlich unsere Gäste bedienen sollte.

„Verzeihen Sie mir bitte meine Unaufmerksamkeit. Welche Zimmernummer haben Sie denn?"

Kaum schüttelte ich mir meine Träume aus dem Kopf und blickte diesen Gott von einem Mann nicht mehr in die Augen, konnte ich in den üblichen Hoteljargon verfallen und ganz die professionelle Rezeptionistin mimen. „213 bitte."

Ich drehte mich um und suchte den vergoldeten Kasten nach dem passenden Schlüssel ab, als ich diesen bohrenden Blick in meinem Rücken spürte, der sich wie die sengende Sonne durch meine Arbeitskleidung hindurch brannte und mir sofort klarmachte, dass ich von dem gut aussehenden Gast regelrecht angestarrt wurde. In Sekundenschnelle stieg das Feuer zu meinen Wangen hinauf und schon glühte ich wie eine Tausend-Watt-Birne.

Leicht verlegen wandte ich mich wieder zur Rezeption und reichte ihm den Schlüssel mit schwitzigen Fingern. „Einen angenehmen Aufenthalt wünsche ich Ihnen.", murmelte ich ohne Blickkontakt zu dem Gast aufzunehmen und wandte mich sofort uninteressanten Papieren zu, um beschäftigt zu wirken.

„Vielen Dank. Bis bald."

Als sich seine Schritte entfernten, flitzte ich wie eine Rakete an den Computer und hämmerte die Zimmernummer in die Tastatur ein, um augenblicklich herauszufinden, um wen es sich bei diesem Traummann handelte. Ungeduldig wartete ich bis das Ergebnis endlich auf dem Bildschirm erschien.

Adam Essert.

Ui ui ui, dieser Adonis hieß also genauso wie der erste Mann auf Erden. Heißer Feger.

Ich angelte mir das Telefon und wählte die Nummer meiner liebsten Elfi, schließlich musste ich ihr unbedingt von dieser Begegnung der dritten Art berichten. Sie würde bestimmt ausflippen!

„Waaaaaahnsinn! Hannah, das ist ja unglaublich! Ich will ihn sehen sooofort! Ein Mann, der DICH so verzaubert, gehört unter Denkmalschutz gestellt! Und ich hätte gedacht, dass würde ich nie nie nie nie nie erleben. Poah. Unglaublich.", brüllte sie vor Freude durch den Hörer als ich ihr alle Details des vorherigen Treffens geschildert hatte.

Ein teenagerhaftes Kichern entwich meinen Lippen und ich versprach ihr, dass wir uns heute Abend zu einer ausführlichen Lagebesprechung mit Gustav im „Le Baguette" treffen würden.

Als sich unsere Truppe schließlich gegen sieben Uhr versammelte, konnte ich gar nicht anders, als sofort wie verrückt los zu plappern. Ich beschrieb diese Begegnung auf die Sekunde genau und ließ kein einziges Detail aus.

„Du strahlst ja richtig! Deine Augen funkeln und deine Wangen sind so rosig, hast du etwa Drogen genommen? Das kennt man gar nicht von dir, Hannah.", entgegnete

Gustav auf meinen emotionalen Bericht und sah dabei ziemlich verdutzt aus.

Ich wusste selbst nicht, was in mir vorging. So hatte ich mich noch nie gefühlt, so voller... Glück? Konnte ein einzelner Mensch nur durch sein Erscheinen so starke Gefühle auslösen? Bis jetzt hatte ich Liebe auf den ersten Blick als ein Hirngespinst von Romantikerinnen abgetan und jeden ausgelacht, dem es angeblich so ergangen war. Aber nun war ich doch skeptisch. Gab es das wirklich? Nachdenklich legte ich die Hand auf mein Herz und spürte den heftigen Herzschlag.

Allein ein Gedanke an ihn brachte mich zum Lächeln. Das war doch verrückt!

„Natürlich ist die Liebe verrückt. Man kann sie weder erklären noch herausfinden, weshalb das so ist. Akzeptiere es und versuche etwas daraus zu machen. Ach ja und pack deinen Sarkasmus weg. Der wird wahrscheinlich nicht so gut ankommen.", beantwortete Elfi meine unausgesprochenen Fragen.

„So wird es wohl sein…", war meine Antwort und ich versank wieder in meine Träume.

„Hey Madame, Zeit aufzuwachen! Träumen bringt dich auch nicht weiter. Was willst du jetzt machen?", riss mich Gustl mit einem Schlag wieder zurück in das Hier und Jetzt.

„Keine Ahnung. Was macht man denn in solchen Situationen? Soll ich ihn ansprechen?"

„Reden musst du ja sowieso mit ihm, schließlich ist er ein Gast in eurem Hotel. Du musst ihm Signale senden."

„Hä? Was denn für Signale?"

Augenblicklich sahen sich Gustl und Elfi an und rollten mit den Augen.

„Körpersprache, meine Liebe. Du bist schon ganz aus der Übung, was die Liebe angeht."

„Ich treffe ja nicht jede Woche meinen Traummann, ihr Pfeifen. Helft mir lieber, anstatt mich aufzuziehen."

„Ja, ja. Also du musst ihn schüchtern anlächeln, mit deinen Haaren spielen und ihm deinen Nacken präsentieren."

„Ah ja, das mit dem Nacken hast du schon mal demonstriert, daran kann ich mich erinnern. Aber was soll denn ein schüchternes Lächeln sein? Und außerdem wie soll ich überhaupt mit meinen kurzen Fransen spielen?"

„Ach, Hannah, du stellst dich echt extrem blöd an. Sieh zu und staune."

Elfi senkte ihr Kinn und sah mich mit großen unschuldigen Augen an. Dann legte sich ein zartes Lächeln auf ihre Lippen und sie blickte mit einem eleganten Wimpernschlag wieder in die Ferne.

Ich war fasziniert! Flirtkunst der ersten Güteklasse. Sogar ich wäre bei so einem Blick an Elfi interessiert.

„Ich bezweifle jedoch, dass ich so was Anmutiges hinbekomme."

Mein erster Versuch scheiterte auch kläglich, da sich meine beiden Freunde vor Lachen nicht mehr einkriegten und schon die ersten Gäste verärgert in unsere Richtung blickten.

Säuerlich sah ich zu den gackernden Hühnern und streckte ihnen empört die Zunge heraus.

„Hey, geht's noch? Ihr sollt mich anhimmeln und nicht auslachen. Was war denn falsch an meinem schüchternen Lächeln?"

„Du sahst aus wie der Joker aus Batman! Eine Fratze vom Feinsten."

Und schon prusteten die beiden wieder los, als Gustl mich alias Joker nachäffte.

„Sehr witzig…"

Grummelnd schlürfte ich meinen Cappuccino und bedachte Elfi und Gustl mit etlichen Beschimpfungen.

Als sich das Gelächter wieder beruhigte, kamen wir wieder auf den Ernst der Dinge zu sprechen.

„Du lächelst ihn schüchtern an und berührst rein zufällig seine Hand. Aber schau, dass du keine Schwitzehändchen hast! Und wenn du deinen Charme spielen lässt, brauchst du gar nichts weiter zu machen. Dann wird er die Initiative ergreifen. Wirst du schon sehen, Miss Joker."

Amüsiert grinste mich Gustl an.

„Na hoffentlich lacht er mich nicht auch so aus wie ihr. Gut, dann werde ich ab morgen mein Glück versuchen. Und wehe es klappt nicht. Dann seid ihr beide dafür verantwortlich!"

„Ja, Chefin.", antworteten sie im Chor.

Wir unterhielten uns noch über etliche Dinge, die momentan unser Leben beschäftigten und tranken dabei genüsslich unsere wärmenden Getränke.

„Ach, ich habe auch noch eine wichtige Mitteilung zu verkünden.", eröffnete Elfi ein neues Thema und sah lächelnd zu uns.

Gebannt warteten wir auf ihre Verkündung – was wird es denn jetzt schon wieder aufregendes zu erzählen geben?

„Ich habe mich entschlossen, mein Baby zu behalten. Es wird eine anstrengende Zeit werden, dass weiß ich, aber jede Sekunde wird sich lohnen! Ich hoffe, dass ich auf eure Unterstützung zählen kann? Ohne euch wäre ich nämlich aufgeschmissen."

Hörbar atmete ich aus und freute mich riesig für meine Freundin:

„Natürlich werden wir an deiner Seite sein! Schön, dass

du dich so entschieden hast. Ich denke, dass du es nicht bereuen wirst. Jetzt sind wir also zu viert! Toll."

Freudestrahlend umarmte mich Elfi und wurde auch herzlich von Gustl gedrückt. Er grinste sie an und drückte ihr einen Kuss auf den Kopf.

„Meine Kleine wird Mama. Das kann ja nur ein Chaoskind werden, wenn wir drei es aufziehen."

„Ach, Elfi, was mir dabei einfällt, wie schaut es denn mit unserer Wohnungssuche aus? Jetzt sollten wir aber wirklich anfangen. Ich denke nicht, dass es irgendjemand gutheißt, wenn du dein Kind in einem Hotelzimmer bekommst."

„Oh Mann, daran hab' ich ja gar nicht mehr gedacht. Wäre an der Zeit, da hast du Recht. Sollen wir auf dem Heimweg gleich eine Zeitung mitnehmen?"

„Machen wir. Das ist eh unser Stichwort. Ab nach Hause, ich muss morgen wieder früh raus."

Gustl winkte den Kellner her und wir bezahlten unsere Getränke. Mittlerweile wurde es auch schon ein wenig dunkler, die Sonne neigte sich dem Horizont zu. An der nächsten Straßenecke verabschiedeten wir uns von Gustl, der jetzt noch zu seiner Liebsten ging. Wir nahmen die Treppe in den Untergrund und warteten auf die passende U-Bahn. An einem Kiosk auf dem Bahnsteig kauften wir uns die regionale Tageszeitung und Elfi gönnte sich noch einen Schokoriegel.

Ihre Begründung: „Ich bin schwanger, ich darf das ab jetzt."

Im Hotelzimmer kuschelten wir uns in warme Decken und falteten die Zeitung auseinander. Der Sportteil landete gleich in einer Ecke des Raums, kurz darauf folgte der Wirtschaftsteil und wenig später lag auch die Politik am Boden. Bewaffnet mit Kugelschreibern durchforsteten Elfi und ich die zwei Seiten Immobilien. Akribisch prüften wir jede Anzeige und kringelten in Frage kommende Objekte ein. Was sich als schwierig erwies, denn wir hatten hohe Ansprüche.

Eine Zwei-Zimmer-Wohnung sollte es sein, möglichst in der Nähe meiner Arbeit, ein Badezimmer mit Fenster und was ganz wichtig war: günstig!! Mehr als 450 Euro warm wollten beziehungsweise konnten wir nicht ausgeben. Ich verdiente auch nicht die dicken Kohlen und Elfis Eltern wollten wir auch nicht ausnutzen.

„Die ist zu teuer…die zu weit weg…günstig aber winzig…", murmelte Elfi, während sie die Inserate durchsah. Entnervt ließ ich meinen Kopf auf die Zeitung fallen und grummelte:

„Wir finden ja nie irgendwas! Schöne Scheiße…"

„Na, na nicht gleich so pessimistisch! Wir werden schon fündig. Nur die Hoffnung nicht verlieren."

„Du hast gut reden, Frau Glückshormon."

Elfi ignorierte die Bemerkung und zog die zerknitterte Seite unter meinem Kopf hervor.

„Mal sehen…Da, guck mal! Hast du übersehen oder wie?"

Sie tippte mit ihrem angekauten Kugelschreiber auf eine kleine Anzeige ganz unten rechts.

„Zwei Zimmer, ca. zwei Gehminuten von einer U-Bahn-Station entfernt, Dachgeschoss, Bad mit Fenster, dreihundertneunzig Euro Warmmiete."

Interessiert erhob ich mich wieder und warf selbst einen Blick auf die Anzeige.

„Klingt ja wirklich nicht schlecht. Sollen wir anrufen?"

Elfi grinste zufrieden.

„Na logisch!"

Ich schnappte mir das Telefon vom Nachttisch, tippte die Nummer ein und wartete, dass jemand den Hörer abhob.

Elfi hob den Daumen nach oben und lächelte.

„Schiffinghauser?"

„Hallo, hier ist die Hannah Weber, ich rufe an wegen ihrer Wohnungsanzeige. Wäre die Wohnung zu haben?"

„Ach, sehr schön, ja die Wohnung ist noch frei. Sind sie an einem Besichtigungstermin interessiert?"

„Ja sehr gerne, wann hätten sie denn Zeit?"

„Passt es ihnen morgen? Zwischen drei und vier Uhr ist ein Termin gerade eben frei geworden."

„Ja, das geht in Ordnung. Haben sie eine Handynummer unter der ich sie erreichen kann, falls etwas dazwischenkommen würde?"

„Kleinen Moment…haben sie etwas zum Schreiben?"

Ich signalisierte Elfi, dass sie mir ihren Stift geben sollte und strich ein Stück zerknitterte Zeitung glatt.

„Ich wäre soweit."

„01745611380. Die Adresse schicke ich ihnen morgen per SMS."

„Ist notiert. Danke. Dann bis morgen! Wiederhören."

„Tschüs."

Gut, dass ich am nächsten Tag nachmittags nicht arbeiten musste. Machte die ganze Sache einfacher, als wenn ich jetzt schon darum bitten müsste, frei zu bekommen.

„Morgen um drei Uhr treffen wir uns vor dem Haus."

Meine Freundin hüpfte im Bett auf und ab und freute sich

wie ein kleines Kind.

„Ui, das wird toll! Hoffentlich ist das unsere Wohnung!"

Kichernd brachte sie das Bett zum Wackeln und steckte mich mit ihrer guten Laune an.

„Dann bin ich mal gespannt. Wäre ja mal echt ein Zufall, wenn wir so viel Glück gleich am Anfang hätten."

Kapitel 11

Pünktlich um drei Uhr nachmittags standen wir vor dem Haus in der Schillerstraße 28 b, dass unser zukünftiges Zuhause werden könnte. Ich war skeptisch. Das Dachgeschoss sah von hier unten etwas mickrig aus. Mal abwarten. Wir stellten uns in den Schatten des Hauses und warteten auf die Vermieterin. Elfi begutachtete derweil den Garten auf der Rückseite. Eine verrostete Schaukel stand inmitten des kümmerlichen braunen Rasens. Das Gebäude, das ungefähr 8 Wohnungen beherbergte, sah von der Rückansicht noch trostloser und baufälliger aus als von vorne. Mit jeder Minute, die länger warten mussten, wurde ich missmutiger. Im Sekundentakt sah ich auf mein Handy und tappte ungeduldig von einem Fuß zum anderen.

Vom langen Stehen schmerzte Elfi bereits der Rücken und sie lehnte sich gegen die Hauswand.

„Langsam könnte die gute Frau mal auftauchen. Hast du schon versucht sie zu erreichen?"

„Bin gerade dabei…"

Natürlich hat sich niemand gemeldet und nach weiterer fünfzehn Minuten tauchte endlich ein Auto auf, das in die Einfahrt des Hauses einbog.

Eine ältere Dame stieg aus, sie war adrett im Kostüm gekleidet und wirkte gestresst.

„Ah, entschuldigen sie die Verspätung, der letzte Besichtigungstermin hat sich hingezogen. Nun, denn, wollen wir uns die Wohnung einmal anschauen."

Sie ließ uns nicht zu Wort kommen und marschierte sofort in Richtung Eingang. Die Tür war offen und Frau Schiffinghauser ging mit resoluten Schritten die knarrende Holztreppe hoch. Hinter mir schnaufte Elfi bei den steilen Stufen und auch ich hatte meine Mühe. Im Dachgeschoss angelangt, hatte man das Gefühl auf einer Baustelle zu sein. Überall lagen Packungen mit Laminatböden herum und der Putz blätterte von der Wand. Es befanden sich zwei Wohnungen im obersten Stock, erklärte uns die Vermieterin, in der linken Wohnung lebte schon seit einigen Jahren ein Priester. Auch eine sehr schöne Wohnung, meinte sie.

Meine Augenbrauen hoben sich ungewollt in die Höhe. Also wenn die Räume von innen genauso aussahen, wie der Rest hier draußen…na ja, aber über Geschmack ließ sich bekanntlich streiten.

„Ach und eins muss ich noch hinzufügen. Ich bin leider nicht dazu gekommen, die Wohnung sauber zu machen. Also es liegt noch ein wenig Staub herum vom Vormieter, aber nichts Dramatisches."

Und tschüss, da waren meine Augenbrauen noch höher geschossen.

Mit flinken Handbewegungen schloss sie die weiße Tür auf und führte uns in das „Schmuckstück".

Ein winziger Vorraum führte direkt in die Küche, daneben lag ein noch kleineres Bad und dann am Ende des Ganges lag das Wohnzimmer. Direkt dahinter das Schlafzimmer. Alles ein wenig beengt. Aber das war nicht das Hauptaugenmerk…oooh nein.

In der Küche, die vollständig möbliert war, lagen noch Essensreste in der Spüle, die Schmutzränder an Ecken und Kanten konnte man von der Wohnungstür aus schon erkennen und der Boden strotzte nur so vor Dreck. Ich wagte es kaum die kleine Kühlschranktür zu öffnen. Schnell ins nächste Zimmer.

Derweil plauderte die Vermieterin fröhlich vor sich hin, man müsse ja nur noch Kleinigkeiten machen, ein bisschen aufräumen und putzen, dann wäre die Wohnung wieder in bestem Zustand.

Ich reagierte gar nicht auf das Gerede und ging in das Bad. Einmal im Kreis drehen und man stieß sich überall den Kopf an. Außerdem Schimmel soweit das Auge reicht. Um das Klo herum, in der Badewanne und riesige Schimmelflächen an der Decke - Igitt.

Angewidert ging ich rückwärts aus dem Horrorbad raus und begutachte als nächstes das Wohnzimmer.

„...wunderbar geräumig und die tollen Möbel des Vormieters können sie gleich übernehmen..."

Bei dem Anblick der angeblichen Möbel riss ich die Augen weit auf und schnappte nach Luft. Ein schwarzes Ledersofa, dass so ranzig aussah, als stünde es schon Jahrzehnte in dem Zimmer und wurde niemals abgesaugt. Das ebenfalls schwarze Regal fiel schon fast aus den Angeln und ein Glastisch, anscheinend handgefertigt, hatte auch schon bessere Zeiten gesehen. Das Zimmer war mit einem Teppichboden ausgelegt, der eine undefinierbare Farbe hatte, mal abgesehen von den ganzen Flecken. Da konnte man lange schrubben, um den wieder sauber zu kriegen. Außerdem wie kam der ganze Schimmel an die Decke?

Mich schüttelte es vor Grauen und ich betrat gefolgt von der stummen und schockierten Elfi den letzten Raum.

Und ich dachte, es konnte nicht mehr schlimmer kommen. Weit gefehlt.

Ebenfalls möbliert war das Schlafzimmer auch winzig und hatte natürlich auch überall Schimmelflecken. Aber das Beste war das Bett. Die Matratze darauf war so durchgelegen und widerwärtig, pfui Spinne. Ich wollte mir gar nicht ausmalen, was das alles für Kleckse und Verfärbungen waren, die die Matratze zierten. Versuchsweise öffnete ich eine der Schubladen des schwarzen Kleiderschrankes und hielt sie gleich in der Hand. Na super.

Ich wechselte einen Blick mit Elfi und sie schüttelte heftig den Kopf. Bloß raus hier!

Auch die beschönigenden Worte von Frau Schiffinghauser konnten uns nicht davon überzeugen eine Sekunde länger in dieser Horrorwohnung zu bleiben.

„Ach nur ein paar kleine Handgriffe und ein bisschen putzen, dann kann man es sich hier richtig gemütlich machen."

„Danke, wir melden uns dann bei ihnen."

Gesagt und schon waren wir bei der Tür draußen. Schnell weg.

Im Eiltempo hasteten wir die schwindlige Treppe herunter und waren wieder an der frischen Luft angelangt. Einmal kräftig einatmen!

„Himmel, in der Bude hat es vielleicht nach Pisse gestunken. Wer hat denn davor dort gewohnt?"

„Irgendein Assi. Ich habe ihn bildlich vor mir. Ein Mann um die vierzig, dicker Bierbauch, in Jogginghosen und fleckigem Unterhemd. Hat wahrscheinlich nie einen Finger in der Wohnung krumm gemacht."

Elfi grauste es bei der Vorstellung und wir machten uns auf in Richtung U-Bahn.

„Unglaublich wie die Frau das ganze Spektakel beschönigen wollte. Die Wohnung hätte man komplett renovieren müssen! Der ganze Schimmel, igitt, da will doch keiner freiwillig wohnen."

„Jetzt sind wir wenigstens gerüstet. Noch was Schlimmeres kann ja gar nicht mehr kommen, oder?"

„Recht hast du. Da ist es wohl an der Zeit, dass wir heute das kostenlose W-LAN des Hotels ausnutzen, was meinst du??"

„Klingt nach einem guten Plan."

In der U-Bahn mussten wir immer noch mit Schrecken an die Wohnung denken und waren uns einig, dass dies die längsten zehn Minuten unseres Lebens waren.

„Weißt du, was das einzig positive an der Wohnung war?"

„Du hast in dieser Schimmelbude etwas Gutes gefunden? Ist das dein Ernst?"

Unglaublich sah ich Elfi an und sie meinte achselzuckend:

„Das Fenster im Bad."

Mit einem künstlichen Lachen klopfte ich ihr sanft auf die Schulter.

„Ach Elfi, du bist zu gut für diese Welt. Sogar in der widerwärtigsten Behausung findest du noch ein Funken Hoffnung."

„Ist doch wahr. Das Fenster war toll. Oh, schau, wir müssen raus."

Wir erhoben uns von unseren Sitzplätzen und betraten den Bahnsteig.

Acht Minuten später waren wir im Eingangsbereich des Hotels und mussten auf die nächste, diesmal aber kleinere Hürde stoßen. Der Aufzug war defekt – na prima. So schleppten wir uns die großen, marmorierten Stufen in mein Zimmer hoch.

„Und jetzt ab ins Bett?!

Elfi nickte begeistert und wir machten uns auf dem kuscheligen Bett gemütlich. Smartphone an die Stromversorgung gehängt und schon waren wir zackig auf einer Website für Immobilien. In die Suchmaschine gaben wir unsere gewünschten Kriterien ein und im Nu spuckte man uns eine Liste von 12 in Frage kommender Wohnungen aus.

„Ui, gleich so viele! Dann lass uns doch mal durchstöbern."

Praktisch war es, dass viele Angebote Fotos von den Objekten enthielten und so konnte man richtig schön aussortieren.

„Schau dir mal die Einrichtung an! Also wer heutzutage schwarze Ledersofas immer noch toll findet, leidet eindeutig an modischer Geschmacksverirrung! Igitt.", kommentierte Elfi die Wohnung, die wir gerade betrachteten.

„Oh Mann, die musst du ja nicht dazu mieten! Die Wohnung an sich finde ich richtig schön. Besonders der Erker im Wohnzimmer, guck mal."

Ich deutete auf den Bildschirm.

„Ja, stimmt. Außerdem finde ich Altbauwohnungen sowieso wunderbar, alte knarrende Holzböden, hohe Decken und die Türen mit kleinen Fensterchen, toll. Die haben noch
Charakter!"

Ich scrollte weiter hinunter und entdeckte, dass die Wohnung gerade einmal eine U-Bahnstation von hier entfernt war. Und sie kostete nur vierhundertsiebzig Euro! Mit einigen Einsparungen könnten wir uns das leisten. Einziges Manko: Das Bad hatte kein Fenster. Dafür aber eine Badewanne, die man auch als Dusche benutzen konnte."

„Ist dir das Fenster so wichtig?", fragte ich meine Freundin mit flehendem Unterton.

„Ähm…nein? Die Wohnung ist doch wie für uns gemacht! Da kann ich auf ein blödes Fenster verzichten!"

„Sehr gut, lass mich gleich die Telefonnummer von dem Vermieter aufschreiben."

Gesagt, getan. Mit dem heiligen Blatt Papier in der Hand verließen wir die weite Welt des Internets und begaben uns mental in unser reales Zuhause. Dort hatten Elfi und ich noch einige süße Leckereien gehortet, die wir sogleich auf dem beigen Teppichboden ausbreiteten und verzehrten.

Mit Schokoladenfingern und krümeligen Mündern betrachteten wir noch einmal die Bilder der Wohnung und richteten sie im Kopf schon nach unseren Vorstellungen ein.

„Dorthin passt deine geblümte Couch perfekt hin! Noch ein paar schöne Kissen dazu, dann hat man eine richtige Wohlfühloase!"

„He, hier kann man eine Kommode hinstellen, oben drauf Blumentöpfe in verschiedenen Farben, perfekt!"

„Die Küche müssen wir unbedingt in einem peppigen Orange streichen, das passt zu den cremefarbenen Schränken."

„Genau und neue Fliesen, solche Mosaikfliesen in orange, gelb und weiß!"

So träumten wir von unserer ersten gemeinsamen Wohnung, die wir auch in der folgenden Woche bekommen sollten. Mehr Glück als Verstand, wie immer. Aber die Vermieterin fand uns auf Anhieb sympathisch, dass sie gleich Nägel mit Köpfen machen wollte und uns sofort einen Mietvertrag aushändigte. Sie brauchte schnell einen Nachmieter und da waren wir ideal.

Wir waren sowieso begeistert von der Wohnung, so dass dem Einzug nun nichts mehr im Wege stand und ich dem Hotelalltag endlich Adieu sagen konnte. In zwei Wochen war es dann soweit!

Durch die kleine Finanzspritze von Elfis Eltern war es auch kein Problem, dass wir uns noch einige Möbel kaufen konnten. Eine Einbauküche war ja schon vorhanden, so dass wir uns auf andere Stücke, wie z.B. ein Bett für mich, diverse Regale und Kommoden, konzentrieren konnten.

Als der große Tag endlich gekommen war, trotz der vielen Erledigungen zogen sich die Tage wie Kaugummi, lag ich um fünf Uhr morgens schon aufgeregt und putzmunter in meinem Bett. Heute würde ich mir das letzte Frühstück im Hotel so richtig schmecken lassen! Der Wohnungsschlüssel lag schon sorgfältig drapiert auf meinem Nachttischchen und meine paar Habseligkeiten waren in einer gigantischen Reisetasche und einem noch größeren Rollkoffer verstaut worden.

In der Wohnung mussten noch alle Möbel aufgebaut werden, wir hatten sie nur an die richtigen Stellen platziert, aber noch in ihrer Verpackung gelassen. Die Küche hatten wir letzte Woche schon in einem sonnigen Orange gestrichen und in mühevoller Kleinstarbeit die neuen Mosaikfliesen an die Wand geklebt. Bis wir erst die alten Fliesen abbekommen haben…das war eine Heidenarbeit! Elfi schlief ein letztes Mal bei ihren Eltern und hatte auch nur noch einige Kisten zum Mitnehmen. Alle großen Sachen standen schon in der Wohnung.

Ich war aufgeregt wie ein kleines Kind an Weihnachten und freute mich so sehr auf unser eigenes Heim. Zufrieden starrte ich an die weiße Zimmerdecke und lachte vor mich hin. Vor einiger Zeit lag ich noch hier und hatte mich über das zu perfekte Frühstück beschwert und war dermaßen unglücklich über mein bisheriges Leben gewesen. Jetzt konnte ich mir das gar nicht mehr vorstellen. Ich hatte eine geregelte Arbeit -

es war wunderbar ein sicheres Einkommen zu haben -, ab heute eine Wohngemeinschaft in einer fabelhaften Wohnung mit Elfi und ich hatte meinen potenziellen Traummann kennen gelernt. Letzteres war zwar noch in Arbeit und kam mir nur vor wie ein Traum, aber ich war schon ein Stückchen weitergekommen.

In all dem Trubel, dass sich unser Leben nannte, hatte ich sogar vergessen, dass der Auslöser für diese ganzen Entwicklungen eine unsinnige Wette von Gustl war. Jetzt grübelte ich wieder nach, was er wohl für einen Gewinn für uns haben würde. Denn es lag ja auf der Hand, dass wir das Ding eindeutig gewinnen würden. Elfi hatte zwar weder einen Job noch einen Mann, jedoch würde sie das schönste Geschenk auf Erden bekommen. Ein Menschenleben, das sie von nun an begleiten und ihr die größten Emotionen entlocken würde. Etwas Besseres konnte man sich nicht wünschen. Na ja, obwohl…ein Mann wäre natürlich nicht verkehrt und Arbeit auch nicht. Aber im Moment würde Elfi sowieso auf berufliche Tätigkeiten verzichten müssen.

Nachdem ich genug sinniert hatte, beschloss ich aufzustehen, lange genug im Bett gelegen und gefaulenzt! Es war zwar erst sechs Uhr morgens, aber heute würde man jede Minute des Tages benötigen. Elfis Eltern und Gustl würden uns beim Umziehen tatkräftig helfen und so wollte ich ihnen auch eine leckere Mahlzeit zur Stärkung bieten können. Deshalb hatte ich gestern in der Hotelküche einen riesigen Topf voll Gulaschsuppe in Auftrag gegeben, den ich als Mitarbeiterin zum Angestellten-Vorzugspreis bekam. Ich brauchte die Suppe dann nur noch zuhause aufwärmen und schon konnte man etliche hungrige Mäuler stopfen.

Ich zog mich an und machte mich im Bad frisch, dann ging ich gut gelaunt in die große Gastronomieküche, wo jetzt schon ein reger Betrieb herrschte. Schließlich mussten mindestens fünfzig Frühstücke zubereitet und serviert werden.

„Guten Morgen, die Herrschaften."

„Morgen, Hannah, so früh schon unterwegs?", begrüßte mich einer der Köche.

Ich konnte mir keinen einzigen der Namen merken, dafür waren es einfach zu viele Köche und Servierkräfte. Außerdem sahen sie in ihrer Arbeitskleidung alle gleich aus – wie dicke Pinguine, was es noch schwieriger machte. Dennoch mochte ich jeden einzelnen von ihnen und sie haben mich herzlich bei sich aufgenommen. Ich kam auch fast jeden Tag vorbei, um zu naschen und Komplimente zu ihrem Essen zu verteilen.

„Ich will euch ja nicht stressen, aber wie schaut es denn mit meiner Gulaschsuppe aus?", fragte ich und spähte neugierig in einen der dutzenden Töpfe.

Schon bekam ich einen Kochlöffel zu spüren und musste meine Nase wieder aus dem verführerisch duftenden Topf stecken.

„Na, na. Deine Suppe steht da hinten, ist schon komplett fertig."

„Wahnsinn, ihr seid die Besten! Herzlichen Dank! Dafür habt ihr einen riesigen Gefallen bei mir gut."

Ich lächelte dankend in die Runde und schnappte mir meinen Topf. Dann verschwand ich wieder aus dem hektischen Hochbetrieb und schleppte mein Essen mit nach oben. Der Fahrstuhl war leider immer noch außer Betrieb, sodass ich momentan mit der Treppe vorliebnehmen musste.

Er war schwerer als ich erwartet hatte, deshalb kam ich nur langsam vorwärts.

Hinter mir ertönte auf einmal eine dunkle Stimme: „Kann man ihnen behilflich sein?"

Etwas verwirrt, schließlich kam mir die Stimme irgendwie bekannt vor, drehte ich mich um und wen sah ich ein paar Stufen weiter unten stehen?

Adam!

Ich riss meine Augen auf und konnte kein Wort herausbringen. In meinem Kopf herrschte urplötzlich ein Chaos erster Güte.

„Der Topf ist doch viel zu schwer für sie, darf ich?" Ohne eine Antwort abzuwarten nahm er mir die Gulaschsuppe ab und ging die nächsten Stufen hinauf.

„In welchen Stock müssen sie denn das gute Stück bringen?"

Mein Gehirn hatte seinen Betrieb wiederaufgenommen und langsam setzten die normalen Lebensfunktionen wieder ein. Auch mein Mund konnte sich öffnen und schließen, um sinnvolle Worte zu produzieren.

„In den ersten Stock bitte!"

Ich tapste ihm hinterher, während er munter losplauderte. Recht ungewöhnlich für einen Mann.

„Sie arbeiten doch an der Rezeption, oder? Müssen sie einem Gast den schweren Kessel bringen?"

„Nein, der ist für mich. Ich ziehe heute um, die Suppe ist die Verpflegung für meine fleißigen Helfer."

Mein Traummann sah mich etwas ratlos an. Natürlich, er konnte ja nicht ahnen, dass ich hier im Hotel hauste.

„Ich wohne hier. Jetzt ziehe ich aber in eine Wohnung."

„Wirklich? Sie haben hier im Hotel gewohnt? Ungewöhnlich.", antwortete Adam schmunzelnd.

„Wenn man nicht genug Geld für eine Wohnung hat, ist das gar nicht so ungewöhnlich."

„Aber so ein Hotel wie dieses ist doch auch nicht gerade preiswert."

„Wenn man dauerhaft übernachtet, dann schon. Hier

gibt es sogenannte „Heimat"-Zimmer, die Gäste buchen können, die nicht nur auf einen Urlaub hier sind. Ich habe außerdem mit den Jahren einen Nachlass ausgehandelt, so dass ich mir auch mit dem mickrigsten Nebenjob mein Zimmer leisten konnte. Außerdem ist der Hotelbesitzer sehr kulant gewesen, wenn ich gerade mal etwas knapp bei Kasse war."

„Ach so. Interessant."

Im ersten Stock angekommen lotste ich den freiwilligen Topfträger zu meinem Zimmer und bedankte mich bei ihm.

„Gern geschehen. Ich bin übrigens der Adam."

„Ich bin Hannah."

Er hievte die Gulaschsuppe noch in den Raum hinein und verabschiedete sich mit einem breiten Lächeln. „Bis bald mal."

Als die Tür im Schloss einrastete, rutschte ich auf den Boden und ein unkontrolliertes Kichern brach aus mir heraus. Mein Herzschlag hatte sich um das Hundertfache beschleunigt und meine Wangen glühten vor Verlegenheit. Oh mein Gott, ich bin ihm wieder begegnet! Und ich konnte sogar ein anständiges Gespräch mit ihm führen!

Wie ein frisch verliebter Teenager spulte ich jede Sekunde der Begegnung in meinem Kopf noch einmal ab und war überglücklich. Wieder ein Schritt in die richtige Richtung! Danke, Schicksal!

Nachdem ich mich wieder beruhigt und sich der Anfall von Teenie Wahnsinn gelegt hatte, wurde es Zeit meinen Topf zu inspizieren.

Der Kessel war noch ganz warm und so öffnete ich gleich mal das gute Stück. Dampfend stieg mir der Geruch der würzigen Gulaschsuppe in die Nase und ich war kurz davor zu sabbern. Schnell wieder zu, sonst würde kein Tröpfchen mehr in der Wohnung ankommen.

Ein kurzer Uhrencheck – hoppla, Zeit zum Aufbrechen! In wenigen Minuten sollten Gustav und Elfi mit dem Transporter, den Elfis Eltern bereitgestellt hatten, da sein. Die letzten Kleinigkeiten noch schnell in die Kisten gepackt, ein Abschlussrundgang durch das vertraute Zimmer.

Time to say goodbye.

Bei den meisten Erinnerungen musste ich schmunzeln, bestanden sie aus kuscheligen Abenden mit meinen Lieben und betrunkenen Nächten mit einigen Machtkämpfen im Bett.

Wie aufs Stichwort klingelte das Telefon und das Umziehkommando erwartete mich. Ich schulterte die Reisetasche, packte den Topf ächzend mit einer Hand und eine Kiste mit der anderen. Zwar hatte ich das Gefühl, dass meine linke Hand bald abreißen würde, aber ich war ein zähes Wesen.

Im Foyer angekommen ließ ich ächzend alles fallen und Gustl kam mir Hilfe anbietend entgegen.

„Guten Morgen, Hannah! Hast dich wohl ein bisschen übernommen?"

Ich warf ihm einen bösen Blick zu und massierte meine rote pochende Pranke. Autsch.

„Ha, ha, du Witzbold. Schlepp du mal den fetten Kessel."

Gustav schnupperte und spähte neugierig in das schwere Objekt.

„Mein Gott, wie lecker! Super Verpflegung. Merci dir!"

„He, Finger da raus!", rief ich, als ich entdeckte, dass er ein Fleischstückchen mit seinen Dreckpfoten herausfischen wollte.

Empört hielt er sich den Finger, auf den ich eingeklopft hatte.

„Tz, du Geizhals."

„Hey, ihr beiden, wird's bald? Ich will einziehen!", sagte Elfi, die uns freudestrahlend entgegen hüpfte.

„Guten Morgen meine neue Mitbewohnerin!", begrüßte ich die quietschfidele Maus und umarmte sie.

„Bereit für unseren gemeinsamen Lebensabschnitt?"

„Aber sicher doch!"

Wir schickten Gustl noch einmal hoch, um die letzten Kartons zu holen, die ich nicht mehr hinuntertragen konnte und machten es uns schon mal in dem Transporter bequem. Wie zwei kleine Kinder an Weihnachten saßen wir grinsend da und schwangen fröhlich unsere Beine. Unsere Augen strahlten vor Glück und Elfi konnte vor Aufregung nicht stillhalten.

„Hummeln im Po?"

Sie klatschte in die Hände.

„Ja, ich bin schon so gespannt, die erste Nacht in unserer eigenen Wohnung! Und es hat sich darin schon so viel getan! Wenn wir jetzt dann mit einräumen anfangen und den Zimmern Leben einhauchen. Ach, ich freue mich so."

Es war schön, Elfi so glücklich zu sehen, in den letzten Tagen hatte sie doch etliche Stunden damit verbracht zu weinen und über das Baby nach zu denken. Sie fand es insgeheim traurig, dass ihr Kind ohne Vater aufwachsen würde, auch wenn sie versuchte es geheim zu halten. Aber dafür kannte ich sie schon zu lange. Ihr Gedankenkarussell lief Tag und Nacht, die Sorgen wurden größer und jederzeit konnte eine neue Frage auftauchen.

„Würde ich eine gute Mutter werden? Bin ich nicht verantwortungslos, das Baby in solche Verhältnisse hinein zu gebären?" Das war nur ein Ausschnitt von dem Ausmaß an Gedanken, die Elfi momentan beschäftigten.

In der Schulzeit war sie diejenige gewesen, die mit Barbies gespielt und immer eine Traumhochzeit mit ihren Puppen dargestellt hatte. Märchenprinzessinnen, die ihren Prinzen fanden und bis ans Ende ihres Lebens glücklich und zufrieden zusammenlebten. Das war auch Elfis Traum gewesen. Welche Frau wünschte sich nicht den perfekten Partner, den Einen, den Seelenverwandten?

Insgeheim doch jeder. In jedem Märchen und in den meisten Kinderfilmen wurde das bereits thematisiert. Das brannte sich in das kleine Köpfchen jedes Mädchens ein.

Schade, dass es nicht bei jedem wahr wurde. Aber Elfi wird ihr Happy End bekommen, da war ich mir sicher. Und so ein Tag wie heute tat ihrer Seele definitiv gut, ein Schritt in die richtige Richtung.

„Na, ihr Zwei? Träumst du schon wieder, Hannah?" Gustav fuchtelte mit Fingern vor meinem Gesicht herum und ich schrak aus meinen Gedanken.

„Huhu, denkst du an deinen heißblütigen Traummann?" Meine Wangen wurden rot und ein Lächeln stahl sich auf meine Lippen. Kaum war die Rede von Adam, spielte mein Körper verrückt.

„Ja, ich bin ihm vorher wieder begegnet. Er hat mir beim Tragen geholfen."

Elfi sah mich erschrocken an. „Und so was erzählst du nicht gleich? Also bitte! Das wollen wir doch wissen! Was hat er erzählt?"

Ich nickte schuldbewusst. „Tut mir leid, Elfi. Heute ist einfach zu viel los, da kann ich meine ganzen Gedanken nicht ordnen. Na ja, er hat den Kessel für mich ins Zimmer getragen und wir haben ein wenig über dieses und jenes geplaudert. Hauptsächlich haben wir über den Umzug geredet. Ach und er hat sich offiziell bei mir vorgestellt. Das war es eigentlich schon."

„Ach schön. Und hast du seine Telefonnummer? Also offiziell?" Erwartungsvoll sah mich meine Freundin an. Doch leider musste ich sie enttäuschen.

„Ich habe mich nicht getraut. Wäre das nicht zu früh gewesen?"

„Ach i wo! Du musst die Initiative ergreifen, sonst wird das nie was.", mischte sich Gustl ein.

„Dann mach halt du, Klugscheißer." Ich streckte ihm die Zunge raus. „Da werde ich nun einmal schüchtern. So wie ihn hat mich noch kein Mann interessiert."

Jetzt war es aber wirklich an der Zeit, dass wir den Umzug starteten. Wir schnallten uns alle an und schon ging es los. Mit dem vollgepackten Transporter schlängelte sich unsere Truppe durch die engen Innenstadtgassen, überfuhr frech die ein oder andere rote Ampel und machte hupend auf sich aufmerksam.

„Du fährst wie eine gesengte Sau, ganz ehrlich. Dass ihr Männer immer so rasen müsst?", beschwerte sich Elfi, die sich panisch an der Beifahrertür festklammerte und tief in ihrem Sitz versunken war.

Ich schwank in der Mitte hin und her, knallte einmal gegen Gustls Schultern und dann wieder gegen Elfis. Die blauen Flecken spürte ich förmlich schon.

„Das ist ihr Ego. Die machen alle einen auf Oberproll im Auto. Macho, Macho."

Gustl schüttelte den Kopf.

„Ich fahre doch ganz normal, was habt ihr denn?" Schon machte er die nächste Vollbremsung und die Gurte schnitten sich eng in unsere Brüste.

„Beim nächsten Mal fahre ich. Blödmann." Ich rieb mir klagend die Brust und warf dem Rowdy einen bösartigen Blick zu. Der rollte nur mit den Augen und erwiderte:

„Von euch beiden hat doch gar keiner den Führerschein. Also meckert nicht rum."

Vollbremsung Nummer Drei.

„Heiliger Scheiß! Geht das auch ein wenig sanfter? Wenn du dich mal auf den Verkehr konzentrieren würdest, anstatt dauernd an den Radioknöpfen herum zu drücken, würden wir vielleicht heil ankommen."

Bei dem Stichwort „heil" riss Elfi erschrocken die Augen auf.

„Oh…mein…Gott…", flüsterte sie apathisch.

Ich drehte mich zu ihr und fasste sie an den Schultern.

„Was ist los?"

„Die Vasen…"

„Was ist mit ihnen? Hast du sie nicht richtig verpackt?"

Elfi schüttelte langsam den Kopf und starrte immer noch mit weit geöffneten Augen geradeaus.

„Ach je Mine. Die sind jetzt wahrscheinlich alle hinüber.", ich wandte mich an Gustl, „Danke der Herr. Sieh dir Elfi an. Als ob jemand ihr Leben zerstört hat. Mörder."

Jetzt wirkte unser Fahrer doch ein wenig einsichtig und trat langsam vom Gaspedal. Zerknirscht sagte er zu Elfi:

„Tut mir leid, Mäuschen. Vielleicht kann ich sie dir ja ersetzen."

Leise zischte ich dem Zerstörer zu, dass er doch wusste, wie sehr Elfi an ihrem Deko Krimskrams hing. Immerhin musste ich somit weniger Schnickschnack ertragen.

„Dafür lade ich dich heute noch auf ein leckeres Eis ein, ist das was?"

Bei dem Wort „Eis" leuchteten Elfis Augen sofort wieder auf und sie war besänftigt. Man kann den Schwangerschaftsgelüsten danken. Obwohl man bei Elfi nicht wissen konnte, ob das jetzt von der Schwangerschaft kam oder von ihrem unersättlichen Appetit auf alles Süßes. Ich tippte auf beides.

Ich schloss meine Augen, lauschte dem Straßenverkehr und spürte das Ruckeln des Transporters. Ein bedeutungsvoller Tag. Würden wir das hinbekommen? Hielt unsere Freundschaft so viel gemeinsame Zeit aus oder strapazierten wir damit unsere Sympathie füreinander zu sehr?

Wieder einmal hing ich meinen Gedanken nach und vergaß die Welt um mich herum. Seit ich Adam begegnet war, passierte dies ständig. Ich schweifte in Traumwelten ab, malte mir die Zukunft aus oder ließ mein Gewissen so manch unklaren Fragen auf den Zahn fühlen.

Die unterschiedlichsten Gefühle wirbelten in mir herum und hinterließen ein heilloses Chaos. Ich war mehr als konfus und wusste weder aus noch ein. Wie konnte ich Adam für mich gewinnen?

Wenn ich Klavier spielen und singen könnte, würde ich all meine überlaufenden Emotionen in die Tasten hämmern und aus meinen Lungen pressen. Dabei würden wahrscheinlich die gefühlvollsten Balladen entstehen. In meiner Vorstellung saß ich schon an einem eleganten schwarzen Flügel in einer sanft beleuchteten Halle und spielte mit geschlossenen Augen die Melodie meines Herzens. Die Töne hallten sanft in dem großen Raum wider und leise erklang nun auch meine leicht rauchige Stimme. Der Mond schien durch die bodentiefen Fenster und ein feiner Wind bauschte die Vorhänge auf. „Hey du Gurke, wo bist denn nun schon wieder?"

„Wie, was, wo?" Erschrocken riss ich meine Augen auf und Elfi grinste mich wissend an.

„Hast du von deinem tollen Adam geträumt? Driftest in letzter Zeit ganz schön oft ab? Was gibt es denn so schönes in deiner Traumwelt?"

Benommen hob ich die Hand um ihren Redefluss zu stoppen, war ich mit dem Kopf ja noch in meinem Traum gefangen.

„Moment noch."

Gustav manövrierte unseren Umzugswagen gerade langsam um eine Kurve, bevor er mit Vollgas die gepflasterte Gasse entlang bretterte.

Gehirn an und festhalten!

„Du weißt schon, dass hier auf fünfzig km/h beschränkt ist?"

„Ja, weiß ich."

„Du ignorierst es also bewusst?"

„Jop."

Entnervt rollte ich mit den Augen und wand mich wieder Elfi zu.

„Du hast Recht, ich träume ab und an von Adam. Aber das ist doch selbstverständlich, wenn man verliebt ist, oder?"

Erfreut nickte sie und wartete wie ein Hündchen mit großen Glupschaugen auf mehr Details.

Jedoch unterbrach unser Rowdyfahrer das Gespräch abrupt. Eine Vollbremsung, die uns aus den Sitzen drückte und den Gurt bedrohlich nah an der Halsschlagader festzurrte, verriet uns, dass wir am Ziel angelangt waren – oder wahlweise einen Unfall gebaut hatten.

„Schluss, Mädels, wir sind endlich da!"

„Ein Wunder, dass wir überhaupt ankommen. Und du hast dich bloß fünfzehn Mal verfahren, gratuliere!"

Mit einem sarkastischen Grinsen stieß ich die Autotür auf und hüpfte aus dem Umzugswagen. Endlich in sicherer Freiheit!

Elfis Eltern standen schon vor dem Wohnhaus und erwarteten uns mit fröhlicher Miene.

„Und seid ihr schon aufgeregt? Euer erstes eigenes Zuhause!"

Mit diesen Worten begrüßte uns Peter und drückte mich liebevoll an seinen Wohlstandsbauch.

„Die kleinen Mädchen werden flügge.", brachte Elfis Mutter Alma stockend heraus, während sie die Freudentränen auf ihren Wangen mit einem kleinen Stofftaschentuch trocknete.

Als letzter kam auch Gustl aus dem Wagen und klatschte voller Tatendrang in die Hände.

„Dann packen wir mal an oder? Je eher wir fertig sind, desto eher können wir die köstliche Gulaschsuppe verputzen!"

Nun waren wir die nächsten zwei Stunden damit beschäftigt den großen Transporter zu leeren und alles in die neuen vier Wände zu schleppen. Ausnahmsweise ging diesmal nichts zu Bruch und der einzige beschädigte Karton war immer noch der mit Elfis Vasen. Traurig stand der kleine Karton nun im Flur und würde bald in den Abfall wandern.

Erschöpft und schwitzend hatten wir alle im Wohnzimmer Platz genommen und schnauften wie Walrosse. Elfis Vater lag schlaff auf der Couch wie ein Schluck Wasser in der Kurve, Gustl hatte es sich auf unserem flauschigen Flokatiteppich gemütlich gemacht und nippte an seinem mitgebrachten Bier. Meine Freundin und ich hatten uns zusammen auf den geblümten Ohrensessel gequetscht und stützten unsere schwachen Körper gegenseitig ab. Die einzige, die noch munter in der Küche hantierte, war Alma. Fröhlich vor sich hin summend erwärmte sie den Pott Gulaschsuppe und durchwühlte die Kisten nach dem Geschirr.

Die Wohnung war soweit fertig eingerichtet, zu unserem Glück hatten wir alles davor erledigt und so bestand die weitere Aufgabe nur darin, alle Kisten auszuräumen und die Regale sowie Schränke damit zu befüllen. Aber erst wurde gegessen! Wie die hungrigen Tiere fielen wir über die dampfende Köstlichkeit her, als Alma mit den heißen Tellern zu uns kam.

„Also, die Küche von eurem Hotel ist ja schon erste Klasse.", bemerkte Elfis Vater schmatzend zwischen zwei Happen und erntete zustimmendes Nicken aus allen Richtungen.

Nachdem jeder von uns mindestens zwei Teller voll Suppe verputzt hatte, sanken wir zufrieden auf unsere Plätze und tätschelten unsere gut gefüllten Bäuche.

„Wie sieht nun der weitere Tagesablauf aus, meine Damen?"

Gustav sah mich und Elfi fragend an, während ich aufstand, um das benutzte Geschirr in die Küche zu räumen.

„Nun ja, ich würde mal vorschlagen, dass Alma und Peter jetzt entlassen sind, ihr habt genug für uns getan. Gustl, du kannst gern bleiben, wenn du magst. Aber im Endeffekt kommen jetzt nur noch der Kleinkram und ein bisschen Dekoschnickschnack."

Gustav sah mich unwirsch an und meinte schnippisch: „Ähm, ich soll dekorieren? Ist das dein Ernst, Hannah?"

Da rief Elfi dazwischen: „Den lass ich nicht in die Nähe von meinen Dekosachen, du Vasenmörder."

Es folgte ein eiskalter Blick mit Todeswunsch in Richtung des Übeltäters.

Langsam rappelte sich Peter auf und hielt seiner Frau, ganz der Gentleman, galant seinen Arm hin, um ihr aufzuhelfen.

„Nun, ihr flügge gewordenen Küken, wir verabschieden uns und überlassen euch eurem Schicksal. Und denkt dran, was man in der ersten Nacht einer neuen Wohnung träumt, wird eines Tages wahr!"

Für jeden, außer Gustl, gab es einen Abschiedsschmatzer auf die Wange und dann war das Trio wieder unter sich.

„Bald werde ich mich auch verabschieden, meine Liebste wartet noch auf mich."

„Was macht ihr denn noch Schönes?"

Während Gustav Elfi über seine Abendpläne aufklärte, macht ich mich bereits in der Küche nützlich und fing an, die Kisten auszupacken. Bis jetzt waren wir noch spärlich ausgerüstet. Wir hatten nur das allernötigste an Geschirr besorgt, der Rest würde mit der Zeit kommen. Das einzige was ausreichend vorhanden war und so ging es bestimmt jeden Haushalt, waren Tassen. Von der Diddlmaus bis hin zu kleinen Fröschen, sämtliche Motive verzierten die Kaffeebecher. Wenn nicht sogar noch ein Spruch dabeistand, der bei den ersten fünf Mal Kaffee trinken noch lustig war, aber mittlerweile nicht mal mehr ein müdes Lächeln hervorlocken konnte. Ich sortierte alle akkurat in das vorgesehene Schrankfach und wand mich dem nächsten Karton zu. Igitt, was war denn das?

Mit spitzen Fingern zog ich ein pinkes Etwas aus der Schachtel. Schweinchenfarbene Geschirrtücher??

„EELFII! Sag bloß, du hast diese hässlichen Dinger hier einschmuggeln wollen?"

Ich vernahm ein leises „Oh, oh" aus dem Wohnzimmer und schleuderte das Augen beleidigende Tuch in ihre

Richtung.

Zerknirscht nahm meine Mitbewohnerin das Schweinchengeschirrtuch an sich und murmelte ein „Hab's ja mal versuchen können."

„Pfui Spinne. So was benutze ich nicht einmal als Klopapier."

Resoluten Schrittes ging ich wieder in die Küche zurück und warf die restlichen Sautücher aus meiner Sichtweite.

„Also, kommt ihr alleine zurecht oder muss ich noch irgendwas Schweres umstellen?", fragte uns Gustl als er ächzend von seinem Platz aufstand.

„Soweit ich weiß, eigentlich nicht. Oder Elfi? Weißt du noch was?"

Meine Freundin hielt immer noch die Geschirrtücher in den Händen und ging zu mir in die Küche.

„Nein, ich wüsste jetzt auch nichts mehr. Hab viel Spaß mit deiner Süßen. Wir müssen sie endlich mal kennen lernen!"

„Habt nur Geduld. Ihr werdet sie früh genug zu Gesicht bekommen."

Mit einer herzlichen Umarmung verabschiedete sich Gustav und war im Nu zur Tür heraus.

Eifrig wurde nun alles aufgeräumt und dekoriert, um die kahle Wohnung behaglich zu machen. Der alte Boden knackte und knirschte unter unseren Schritten während draußen langsam die Sonne unterging und die Sicht frei gab auf einen traumhaften Sternenhimmel.

Küche, Wohnzimmer und das kleine Badezimmer waren nun komplett eingerichtet, jetzt musste jeder nur noch sein Schlafzimmer mit seinen Habseligkeiten befüllen.

„Das können wir auch noch morgen machen, ich brauche erstmal eine Pause!"

Alle Extremitäten von mir gestreckt ließ ich mich auf die geblümte Couch fallen und Elfi nahm den Sessel für sich in Anspruch.

Voller Stolz blickten wir uns in unserem neuen Zuhause um. Es war perfekt! Obwohl...

„Die Kommode sieht ein wenig überladen aus, findest du nicht auch?"

„Ja stimmt schon."

Die Kommode, ausgestattet mit zwei Schubladen war nicht höher als der gläserne Couchtisch und war eigentlich als Fernsehkästchen gedacht. Nur passte unser alter Röhrenfernseher absolut nicht auf das schmale Kästchen, nur mit Müh und Not hatte es Gustl auf das Möbelstück gehievt. Dieses bog sich nun bereits unter der schweren Last durch.

„Irgendwann sparen wir uns schon einen Neuen zusammen. Davon geht ja die Welt nicht unter."

Kapitel 12

Nachts lag ich wieder einmal wach in meinem Bett und starrte hinauf zur Decke, von der eine Libellenlichterkette baumelte. Meine Gedanken kreisten und ich konnte nicht aufhören, an diesen wunderbaren Mann zu denken.

Jeden Tag kam Adam zu mir an die Rezeption und begann ein Gespräch mit einer Frage über meine Interessen.

Das waren banale Fragen wie „Was ist deine Lieblingsfarbe?" bis hin zu tiefsinnigeren Wertvorstellungen wie „Glaubst du an ein Leben nach dem Tod?". Es war erfrischend und wunderbar, sich so mit ihm zu unterhalten, auch wenn es nur wenige Minuten des Tages füllte. Diese Zeit war kostbar und ich genoss sie wie ein kleines Kind das erste Eis im Jahr.

Mittlerweile wussten wir etliche Sachen übereinander und die Chemie passte wie die Faust aufs Auge. Würde ich endlich den Schritt wagen und ihn um ein richtiges Date bitten? Konnte ich meinen kleinen sicheren Kokon verlassen und das Risiko eingehen, mich verletzen zu lassen?

Wenn es nach meinem Herz ging, würde ich sofort zu Adam ins Hotel laufen und mich ihm zu Füßen werfen. Doch der rationale Verstand schüttelte über so viel Übermut missbilligend den Kopf. Hatte ich denn nichts gelernt in der Männerwelt? Wie eine anständige Lady sollte ich warten, bis ich um ein Rendezvous gebeten werde und nicht andersherum. So konnte ich es vermeiden, mir eine schmerzvolle Abfuhr einzuhandeln. Doch würde ich dann vielleicht auf ewig warten müssen?

Als Frau hatte man es in Liebesdingen nicht leicht. Ständig musste man abwägen und versuchen rational zu denken, obwohl man sich am liebsten von seinen Emotionen leiten lassen würde.

Meist handelte man dann überstürzt und vermieste sich alles.

Ich schüttelte verdrießlich den Kopf.

Wieso war das bloß so kompliziert?

Manchmal wünschte ich mir eine Entscheidungshilfe, eine kleine Maschine, die einem verschiedene mögliche Szenarien vorspielte, was passieren kann, wenn ich eine Entscheidung so oder so treffe. Man sah sich dann die Optionen an und wählte aus, welche für einen besser war. So wäre man optimal auf die Folgen vorbereitet und biss sich hinterher nicht in den Arsch, wenn man die falsche Alternative genommen hat.

Hach, dann wäre das Leben um etliches leichter und vorhersehbarer. Langweiliger. Berechenbarer.

Ich trommelte verzweifelt in mein Kopfkissen und ließ meinen Unmut an dem unschuldigen Stück Daunen aus. Brachte nun auch nichts, mir unsinnige Ideen zur Problemlösung auszumalen, wenn es dann doch nur Humbug war.

Der Mond leuchtete hell durch mein Fenster und ich setzte mich aufrecht auf mein Bett, um in die Nacht hinauszublicken. Die Füße zog ich eng an meinen Körper und stützte den schweren Kopf auf die Knie ab.

Plötzlich hörte ich die Tür klingeln. Oder war es nur Einbildung dank ausgereiftem Schlafmangel?

Da schellte sie erneut.

Wer war denn das? Um ein Uhr morgens?

Kurz überlegte ich, ob ich im Pyjama die Tür aufmachen sollte oder nicht. Aber dann siegte die Neugier und ich hüpfte barfuß aus dem Bett.

Leise tapste ich durch den Flur und lauschte kurz an Elfis Tür, ob sie von der Klingel geweckt wurde. Ein lauter Schnarcher bewies mir das Gegenteil und so ging ich weiter bis zur Wohnungstür. Vorsichtig spähte ich durch den Türspion und erstarrte vor Schreck.

Adam! Vor meiner Tür!

Der Schweiß brach aus all meinen Poren und ich überlegte fieberhaft was ich machen sollte. Aufmachen? Im Pyjama?

Schnell umziehen? Aber dann war er vielleicht schon wieder weg …

Ein kurzer Kontrollblick in den Spiegel, der auf dem Flur hing, die zerzausten Haare glattgestrichen und mit dem Pyjamaärmel schnell über den Angstschweiß gewischt, öffnete ich wagemutig die Tür.

„Hallo?"

Erfreut und überrascht richtete sich der Überraschungsgast auf und ich bemerkte, wie er grinsend mein Outfit betrachtete.

„Niedlich. Hallo Hannah. Ich hoffe, ich störe nicht. Aber ich musste dich jetzt einfach sehen."

Meine Wangen erröteten zart bei seinen letzten Worten und ich fragte ihn, woher er meine Adresse wusste. Verlegen starrte er auf den Boden und murmelte in seine Bartstoppeln etwas von Hotel und Adresse herausgequetscht.

„Sag bloß, du hast den Aushilfsrezeptionisten ausgequetscht? Armer Freddy, der ist einfach viel zu gutmütig."

Jetzt grinste Adam frech und nahm meine Hand in seine.

„Darf ich hineinkommen?"

„Gerne."

Meine Wangenfarbe wechselte von einem zarten Rot zu

tomatenrot angesichts dieses ungewohnten Körperkontaktes.

Ich trat von dem Türrahmen weg und machte ihm Platz, so dass er eintreten konnte.

„Es tut mir leid, dass ich dich so überfalle, aber du hast dich in meinem Kopf breitgemacht. Es vergeht keine Sekunde, in der ich nicht an dich denke."

Hätte mir jemand in der Vergangenheit erzählt, dass ein Mann jemals so etwas zu mir sagen würde, hätte ich ihn schallend ausgelacht. So was kam doch nur in seichten Hollywoodschmonzetten vor und nicht im realen Leben.

„Du bist so still. Soll ich wieder gehen?"

Adam schreckte mich aus meinen Gedanken und sah mich fragend an.

„Nein, nein.", ich schüttelte mit dem Kopf, „Bleib hier!"

Ich ging in Richtung Wohnzimmer und setzte mich mit angezogenen Beinen auf den gemütlichen Sessel. Adam nahm auf der Couch Platz und warf einen Blick durch das Wohnzimmer.

„Schön hast du es hier."

„Dankeschön."

Ich fühlte immer noch die Hitze meiner Wangen und drückte mich verlegen enger in den Sessel.

Adam lehnte sich nach vorne, um näher bei mir zu sein, als er laut seufzte und mir gestand, dass wir uns zwar nur wenig bis gar nicht kannten, aber er sich in mein sarkastisches und süßes Wesen verliebt hatte. Mal abgesehen davon, dass ich sehr attraktiv war.

Mittlerweile grenzte das Rot meiner Wangen nahezu einem Feuerwehrwagen und ich blickte scheu zu Boden, als ich murmelte:

„Du gefällst mir auch sehr gut und ich…ähm…ich bin auch in dich…verliebt…"

Fehlte nur noch die passende musikalische Untermalung und ich wäre in High School Musical gelandet. Meine Birne war Matsch und ich konnte das alles gar nicht mehr aufnehmen. Hatte er mir gerade wirklich gestanden, dass er Gefühle für mich hatte? Mein inneres Ich grinste breit, nickte und lehnte sich zufrieden zurück.

Plötzlich stand Adam auf und kniete sich vor mich hin, umfasste mein Gesicht behutsam mit seinen Händen. Sein Daumen strich meine glühende Wange und er sah mich mit seinen durchdringenden und klaren Augen an.

„Das muss alles wahnsinnig kitschig für dich sein, aber ich bin einfach ein romantischer Mensch, ich hoffe du nimmst mir das nicht übel."

„Nein, ich mag vielleicht eine harte Nuss sein, aber mein Inneres ist butterweich."

Nur im Flüsterton sprechend kamen wir uns immer näher. Ein Kuss war nun geradezu vorprogrammiert.

Sachte öffnete ich meine Lippen und wir küssten uns vorsichtig.

Es war unglaublich sanft und die Schmetterlinge in meinem Bauch spielten komplett verrückt. Ein Feuerwerk entzündete sich in mir und meine Gefühle tanzten zu Cocojambo.

Der Moment war viel zu kurz, als Adam sich wieder hinsetzte und mich angrinste.

„Das bedarf der Wiederholung."

Ganz benebelt sah ich ihn an und spürte den Kuss noch glühend heiß auf meinen Lippen.

„Absolut."

Ja, ja Cocojambo!

Kapitel 13

Leise flüsterte Adam meinen Namen, trat von hinten an mich heran und schlang seine Arme um meinen Oberkörper. Plötzlich die Wärme seines Körpers an mir zu spüren, ließ mich all meine Gedanken vergessen und ich lebte nur noch in diesem Augenblick. Hätte ich jemals gewagt zu glauben, dass er ebenso für mich empfand, wie ich für ihn? Niemals hätte ich mir das erträumen lassen. Und jetzt standen wir hier, ineinander verschlungen und ich bemerkte wie er seinen Kopf langsam auf meine rechte Schulter legte und den Duft meiner Haare einatmete.

„Du riechst so wunderbar. Wie eine wilde Wiese voller Blumen."

Vorsichtig drehte ich mich um und blickte zu ihm empor. Sein Lächeln lag nicht nur auf seinem Mund, sondern strahlte in seinen liebevollen Augen weiter. Adam beugte sich zu mir hinunter und wir küssten uns. Erst behutsam und zärtlich, dann wurden unsere Küsse leidenschaftlicher. Seine Arme streichelten meinen Rücken und pressten mich an sich. Unser Atem kam stoßweise und das Knistern wurde greifbar.

Seit zwei Wochen trafen wir uns nun regelmäßig. Seine Besuche im Hotel, die immer noch fast täglich stattfanden, obwohl er mittlerweile wieder seine Eigentumswohnung bezogen hatte, brachten mich jedes Mal durcheinander. Wie er mir nämlich erklärt hatte, brauchte er das Hotelzimmer nur, weil sein komplettes Zuhause renoviert wurde. Parkett abschleifen, Wände neu streichen, neue Küche – Rundumerneuerung! Geldprobleme hatte er also keine, gut zu wissen.

Oft lud er mich zum Essen ein oder ins Kino und meist ließen wir die Abende mit einem Spaziergang zu meiner Wohnung ausklingen. Bisher war er ganz der Gentleman gewesen und hatte sich mit einem Gute-Nacht-Kuss zufriedengegeben.

Aber heute durfte er das erste Mal über Nacht bleiben, da lag nahe, was nun auf dem Abendprogramm stand: Sex!

Vor unserem heutigen Date musste ich mich also erstmal einer Komplettenthaarung unterziehen, sonst meinte Adam noch, dass er mit einem Yeti ins Bett hüpfte. Ich ließ eine schmerzhafte Waxingprozedur über mich ergehen und konnte danach wenigstens von mir behaupten, glatt wie ein Babypopo zu sein. Wenn auch mit schmerzerfüllter Miene.

Elfi unterstützte meine Sexvorbereitung tatkräftig und ließ meine Zehen- und Fingernägel in einem sanften Rosa erstrahlen. Zum ersten Mal sah ich wieder aus wie eine richtige Frau, mit allen Schikanen, die das Beautytäschchen zu bieten hatte. Maniküre, Pediküre, Augenbrauen zupfen, Make-up auflegen, Haare glätten und dass alles nur um das ganze Kunstwerk im Bett zu zerstören.

Aber was machte frau nicht alles, um einen Mann zu beeindrucken?

Als letzten Schliff quetschen wir meinen Körper noch in ein bordeauxrotes, eng geschnürtes Kleid, das ich gestern in einem schnuckelig kleinen Second-Hand-Laden entdeckt hatte. Es hob meine Brüste nach oben und drückte den Bauch weg. Nur das Atmen fiel mir ein wenig schwer. Das war aber das kleinste Übel.

Aufgemotzt und fertig gestylt war ich dann bereit für den ersten Sex nach gut vierzehn Monaten, sechsundzwanzig Tagen und sieben Stunden.

Ja, wenn man so lange auf der Durststrecke fuhr, zählte man mit. Hoffentlich hatte ich nichts verlernt in meiner Abstinenz.

„Das kriegst du schon hin. Spätestens wenn Adam dich küsst, weißt du alles wieder. Ist wie Fahrrad fahren, das verlernt man nicht.", beruhigte mich Elfi.

„Sagt diejenige, die nicht Rad fahren kann."

„Schleich dich jetzt, bevor du mich aufregst."

Ich bekam ein Abschiedsbussi und wurde wie ein Staubsaugervertreter einfach vor die Tür gesetzt.

Nun schrie mein ganzer Körper nach mehr Berührungen und ich konnte gar nicht genug von meinem Freund kriegen. Ob ich ihn wohl auffressen dürfte?

Lieber nicht, sonst endete ich wie Hannibal Lecter in der Zwangsjacke, nur weil ich ein Stück von meinem Liebsten kosten wollte. Er schmeckte aber auch einfach zu gut.

Hannah konzentrier dich auf die Realität! Du wirst gerade von einem heißen, muskelbepackten Kerl vernascht und gibst dich deinen Fantasien hin. Spinnst du eigentlich? Konzentration!

Ein spielerischer Biss in meinem Nacken ließ mich aufschrecken und sofort war ich wieder im Hier und Jetzt angekommen.

„Na träumst du? Oder genießt du nur?"

„Beides."

Entschlossen nahm ich seine Hand und zog ihn in Richtung Bett. Ich ließ mich auf die weichen Kissen fallen und Adam legte sich zu mir, während er langsam begann, die Knöpfe meines Kleides zu öffnen.

Ich nestelte an seinem blauen Jeanshemd herum und blickte ihn auffordernd an.

Schon bald lag es auf dem Boden und ich konnte seine warme Haut und die straffen Muskeln streicheln.

So jetzt ist aber Schluss, keine Zuschauer mehr. Wir sind ja hier nicht bei Shades of Grey.

Am nächsten Morgen wachte ich glückselig auf mit einer zerzausten Mähne, verschmierten Makeup und trockenen Lippen. Aber rundum zufrieden.

In dem Deckenhaufen neben mir rührte sich etwas und ein Arm lugte hervor, der nach mir suchte.

Mit rauer Stimme wünschte der wundervolle Mann mir einen guten Morgen und zog mich zu einem Kuss zu sich.

Wenn Adam mich zärtlich in seine Arme schloss, spielten sämtliche Emotionen verrückt. Diese überwältigenden Gefühle brachten mich um den Verstand, wenn er, mit einem verspielten Schmunzeln im Gesicht, meine heiß glühende Wange mit seiner kräftigen Hand berührte und sanft über sie strich. Neben ihm fühlte ich mich wie eine Göttin, auf einmal waren all die lästigen Pfündchen und die unangenehmen Cellulitis-Dellen verschwunden und ich lag anmutig neben ihm, genoss die sanften Berührungen und seine zärtlichen Küsse. Meine Hände gruben sich tief in seine Haare und Adam zog mich noch näher an sich.

Da schlich sogar sämtlicher Sarkasmus davon, um den wunderschönen Gefühlen Platz zu machen.

Natürlich schwebte ich nicht die ganze Zeit auf meiner Wolke Sieben, sondern wand mich auch meinen lieben Freunden zu, bei denen es auch einiges zu erleben gab.

Besonders bei Elfi, die sich mittlerweile mit jedem bekannten Schwangerschaftsratgeber eingedeckt hatte und bei jedem schlechten Satz sofort zu mir rannte, in Tränen ausbrach und jammerte, dass sie bestimmt eine

Rabenmutter werden würde. Eine Tafel Schokolade half da allerdings meistens.

Jede Begleiterscheinung einer Schwangerschaft nahm Elfi natürlich auch mit, da war ihr Körper ungnädig. Morgens hing sie würgend über der Kloschüssel, mittags klagte sie über Wasser in den Beinen und abends stopfte sie sich mit allen Lebensmitteln voll, nach denen ihr gerade gelüstete.

Ich fühlte mich, als hätten wir bereits ein Baby – ausgelaugt und nervlich aufs Äußerste strapaziert.

Brav ging ich auch mit meiner Freundin zu jedem Arzttermin, hielt ihr Händchen und versuchte mir alle Informationen zu merken, die der Doktor uns mitteilte.

„Eine Schwangere darf dies nicht essen…und das auch nicht…seien sie vorsichtig mit dem Heben schwerer Dinge…"

Wer bekam das alles in sein Hirn?

Ich nicht. Deshalb war unser Kühlschrank derzeit übersät mit bunten Post-It's, alle mit einer immens wichtigen Notiz zur Schwangerschaft versehen.

Elfis Zimmer wurde auch schon mit allerlei Babyartikeln vollgestellt, da war Elfis Mama total in ihrem Element. Strampler, Söckchen, eine Holzwiege, Babybett und so weiter und so fort.

Natürlich alles in neutraler Ausführung: beige, grün oder sanfte Gelbtöne. Wir wussten ja noch nicht, was es wurde. Elfi wollte es sich auch nicht sagen lassen, damit es eine Überraschung blieb.

Ein wenig aufgeregt war ich, das musste ich mir kleinlaut eingestehen. Ein kleiner Wutz, der bei uns leben würde und für den Elfi, sowie ich, die Verantwortung tragen würde. Hoffentlich machte ich nichts falsch. Reichte mir meine Freundin schon mit ihrer Panik, da versuchte ich meine einfach zu unterdrücken, auch wenn sie hin und wieder mitschwang.

Außerdem haben wir endlich Gustls Freundin kennen gelernt, aber dafür war einiges an Überredungskunst notwendig. Ob wir so schlimm waren, dass er seine Liebste verstecken wollte?

Kapitel 14

Das Kennenlernen fand natürlich an einem neutralen Ort statt mit vielen Fluchtmöglichkeiten, je nach Bedarf. Gustav hatte dazu ein alteingesessenes italienisches Restaurant ausgesucht, das innen wie ein typisches Fernsehrestaurant eingerichtet. Rotkarierte Tischdecken, Flaschen mit runter gebrannten Kerzen und dicke ledergebundene Speisekarten bestückten die Holztische. Die Beleuchtung war gedimmt und an der Bar stand ein dicker Italiener mit einem schwarzen, gezwirbelten Schnurrbart. Es roch intensiv nach Spaghetti Bolognese und Steinofenpizza, so dass mir beim Betreten der Gastronomie gleich das Wasser im Mund zusammenlief.

Selbstverständlich saßen Gustav und seine Freundin, die übrigens Silvia hieß, schon an dem reservierten Tisch während Elfi und ich mit einer zwanzigminütigen Verspätung eintrafen. Es hat einige Zeit und Anstrengung gekostet meine Freundin in ein Outfit zu pressen, das keinen Heulkrampf auslöste. Heute war wieder ein sehr emotionaler Tag, an dem alles schrecklich war. Beste Voraussetzungen, um einen guten Eindruck bei Silvia zu hinterlassen. Hoffentlich war sie gnädig mit uns.

„Entschuldigung, wir hatten einige modische Probleme zu bewältigen.", begrüßte ich die beiden und warf einen Seitenblick zu Elfi, die ein Taschentuch fest umklammert hielt, gewappnet für die nächsten Tränen.

Gustav winkte ab.

„Ich habe Silvia schon vorgewarnt, dass sie nicht mit Pünktlichkeit rechnen soll. Setzt euch doch."

Silvia war eine Frau, so wie es fast jede andere gerne wäre. Die Figur einer zarten Elfe, glänzendes langes

Haar und reine Haut – Attribute, die sie wunderschön machten. Dazu strahlten mich ihre kornblumenblauen Augen so freundlich an, dass ich sie am liebsten umarmt hätte. Dabei vermied ich gerne jeglichen körperlichen Kontakt mit Fremden.

Als wir am Tisch Platz genommen hatten, sprudelte Elfi gleich los. Neugier siegte wohl vor schwangerschaftsbedingtem Weinen.

„Hallo, ich bin die Elfriede, darfst mich aber gerne Elfi nennen, das machen alle. Und du bist die Silvia? Gustl hat uns ja leider noch nicht so viel von dir erzählt, aber wow du bist wirklich wunderschön! Bitte entschuldige, dass wir unpünktlich waren, ich bin schwanger, hat der Gustl das schon erzählt? Auf alle Fälle gehen die Emotionen mit mir drunter und drüber, da weiß ich gar nicht ob ich eigentlich traurig bin oder wütend. Aber jetzt sind wir ja hier, wartet ihr schon lange? Habt ihr schon bestellt. Was nehmt ihr denn? Ich könnte eine ganze Pizza verdrücken."

Mit einer Handbewegung hielt ich Elfi den Mund zu, um den gewaltigen Wortschwall zu stoppen.

„Tut mir leid. Sie labert nicht immer so viel. Ich bin Hannah."

Meine freie Hand hielt ich Gustavs Freundin hin und sie ergriff diese zögernd.

„Ja hallo, ich bin Silvia, aber das wisst ihr ja schon." Die Kellnerin unterbrach unsere Vorstellungsrunde, verteilte weitere Speisekarten und nahm die Getränkebestellung auf. Als sie wieder in Richtung Bar huschte, ergriff Gustav das Wort.

„Also bevor ich meine Freundin gänzlich verschreckt, bin ich an der Reihe. Liebe Silvia, mit den beiden bin ich seit Schulzeiten befreundet und sie sind wirklich die besten Freunde, die man sich wünschen kann. Aber sie haben beide jeweils einen komplizierten Charakter. Keine meint es böse mit dir und wenn du irgendetwas brauchst, sind sie immer da."

Er drückte bekräftigend die Hand seiner Freundin und lächelte sie an.

„Und Mädels, haltet euch ein bisschen zurück. Silvia muss nicht gleich all unsere Schandtaten an einem Abend präsentiert bekommen."

Ich nickte zustimmend.

„Klar kein Problem. Wir können auch normal sein, wenn es gewünscht ist."

Ein kurzes Grinsen wurde zwischen Elfi und mir ausgetauscht, bevor wir unsere Getränke bekamen und anstießen.

„Auf uns."

„Auf unser süßes Paar."

Später wurde eine Runde Pizza geordert und wir plauderten über die Erlebnisse der letzten Tage. Nach und nach taute Silvia ein wenig auf und beteiligte sich an den Gesprächen. In unserer Runde konnte man auch nicht stumm bleiben, dafür gab es viel zu viel zum Lachen! Gelegentlich packte zwar einer ein ernstes Thema auf den Tisch, aber alles in allem war es ein lustiges Miteinander. Ich glaubte, dass Silvia uns gar nicht so schlimm fand, wie unser erster Eindruck vielleicht vermuten ließ. Außerdem wirkte Gustav in ihrer Gegenwart unglaublich verliebt, wie ein Teenager mit seiner ersten großen Liebe. Zusätzlich schenkte er ihr regelmäßig das Glas mit Rotwein voll, um sie aufzulockern. Heimtückisch, aber wirkungsvoll.

Hach, da wünschte ich mir Adam auch an meine Seite. Aber unsere Beziehung war noch nicht bereit, um die

Freunde des Partners kennen zu lernen. Einen Schritt nach dem anderen.

Während meine Tischgenossen angeregt über das Thema Schwangerschaft plauderten, ließ ich meine Blicke durch das Restaurant schweifen. Es war immer wieder interessant, welche Gestalten sich an öffentlichen Plätzen tummelten. An einem schmalen Tisch mit nur zwei Stühlen saß ein junger Kerl, circa um die zwanzig, der mehr auf seinem Stuhl lag als saß. Die graue Jogginghose hing ihm locker an den Hüften und ließ glänzend rote Boxershorts hervorblitzen. Wenigstens hatte er seine Kappe abgenommen, so viel zum Knigge. Meine Augen wanderten weiter nach rechts zu seiner Begleitung.

Holla!

Die junge Frau trug anscheinend ihren Gürtel als Rock. Sah auch etwas unbequem aus, so wie sie dasaß. Stramm wie ein Stock. Tja mit so wenig Stoff hatte man nicht viel Bewegungsspielraum.

Selber schuld.

Mein Blick wurde vom nächsten Tisch angezogen. Diesmal eine größere Gruppe, vermutlich eine Familie mit mehreren Generationen. Oh weh. Die Oma war anscheinend die Entertainerin schlechthin. Sogar ich am anderen Ende des Restaurants konnte noch Gesprächsfetzen über ihre gestrige Darmspiegelung mitbekommen. Welch ein schmackhaftes Thema beim Essen!

Währenddessen starrte die Enkelin genervt in ihr Smartphone und wünschte sich vermutlich auf einen anderen Planeten. Die rebellische Teenagerphase: gepiercte Lippe, schwarzrote Haare und natürlich ein Nietengürtel! Erinnerte mich an meine Zeit.

Ein nostalgischer Seufzer meinerseits lenkte die Aufmerksamkeit meiner Freunde auf mich.

„He, was treibst du denn? Du weißt schon, dass man die Leute nicht so anstarren soll?", rüttelte mich Elfi aus meinen Beobachtungen.

„Entschuldigung, ist nur gerade so interessant."

Kapitel 15

Manchmal gab es Momente im Leben, die gefüllt waren mit Tränen. Man wusste weder aus noch ein, die Augen füllten sich mit dieser salzigen glasklaren Flüssigkeit und langsam kullerten die kleinen Perlen über die Wangen.

In solchen Zeiten war der Kopf randvoll mit herumschwirrenden Gedanken, die sich einfach nicht sortieren lassen wollten. Die Frage, die sich stellte, war nun ganz einfach: Was tun? Die Beantwortung stellte sich aber als äußerst diffizil heraus.

In so einem Augenblick steckte ich gerade fest. Mein Blick verweilte abwesend in der Ferne und all meine Träume zerplatzten in meinem Kopf wie ein Luftbläschen. Manchmal malte man sich die Zukunft schon in den schillerndsten Farben aus, bevor man überhaupt nur einen Schritt in die richtige Richtung getätigt hatte. So wie bei mir.

Wäre dies ein klassischer Liebesfilm würde ich jetzt auf einem Fensterbrett sitzen und nach draußen schauen, während der Regen gegen die Scheiben prasselte. Im Hintergrund ertönte schwermütige Klaviermusik.

Genau diese Kulisse hatte ich mir zu Recht gelegt, um meine melancholische Stimmung zu unterstreichen.

Hatte ich ihn schon für immer verloren? Bevor ich diesen wunderbaren Mann überhaupt „mein" nennen konnte?

So hatte ich meinen Körper noch nie erlebt, noch nie war ich so traurig gewesen. Ich hätte nie gedacht, dass ich so empfinden konnte. Während einer weiteren Weinattacke bäumte sich mein Körper verkrampft auf und ich rang unter Tränen nach Luft. Meine verquollenen Augen brannten schon vom vielen weinen und mein Kopf pochte laut. Doch all das konnte ich ertragen, wäre da nicht dieser grässliche Schmerz in meinem Inneren. Es klang kitschig, ich weiß, aber es war, als ob mir das Herz aus der Brust gerissen wurde.

Ich musste den Grund finden, wieso alles so kläglich gescheitert war. In Gedanken ließ ich die letzten Geschehnisse Revue passieren…

Am Freitag traf sich unsere kleine Stammtruppe auf ein paar Drinks in einer schnuckeligen Bar in der Altstadt und wir quatschten bis um drei Uhr morgens über Gott und die Welt. Elfi erzählte von ihrem Frauenarztbesuch und freute sich tierisch auf ihren nächsten Termin, da sie dort die ersten Ultraschallbilder ihres kleinen Knirpses sehen sollte. Gustl schwärmte von seiner Freundin, die wir zwar immer noch nicht kennen lernen durften - anscheinend hatte er Angst, dass wir sie vergraulen würden - aber er war so glücklich und plante für ihren vierundzwanzigsten Geburtstag eine kleine Überraschung. Ein romantisches Wochenende auf der Alm sollte es werden. Heißt so viel wie achtundvierzig Stunden Sex-Marathon. Aber es soll Gustl vergönnt sein.

Ich vergötterte meinen geliebten Adam und freute mich auf unser Rendezvous am Samstag.

Als jeder von uns schon ein wenig angeheitert war, beschlossen wir uns ein Taxi zu teilen und wie immer zu dritt in der Wohnung von mir und Elfi zu übernachten. Im Suff machten wir es wie früher und quetschten uns in ein Bett, anstatt uns zu verteilen. Wie in alten Hotelzeiten. Großer Fehler. Aber das sollte ich erst am nächsten Morgen merken.

Elfi brach nämlich schon um neun Uhr auf, um ihre Eltern zu besuchen, da ihre Mama einige Sachen für das

Baby ergattert hatte und unbedingt alles ihrer Tochter präsentieren wollte. Außerdem sollten frühzeitig ein Bettchen und ein Kinderwagen besorgt werden.

Gustl und ich lagen noch schlafend im Bett, als uns auf einmal ein wütender Schrei weckte.

„Hannah!? Ich glaube, ich spinne. Warst du mit dem Kerl etwa in der Kiste? Hast du es so nötig oder was?"

Adam stand in der Schlafzimmertür und starrte wutentbrannt auf den halbnackten Gustl, der ein Grunzen von sich gab. Schlaftrunken versuchte ich die Situation zu realisieren und wollte meinen Freund beschwichtigen, aber er wartete meine Antwort nicht ab und stürmte aus dem Zimmer. Ich hörte nur noch die Wohnungstür zu knallen und Schritte die Treppe hinunter stampfen.

Oh mein Gott.

Jetzt erst kapierte ich, dass Adam meinen besten Freund noch gar nicht kannte, ich ihm aber die Woche den Wohnungsschlüssel gegeben hatte, damit er mir ein Regal aufhängen konnte.

Also dachte er jetzt, dass ich Gustl wohl letzte Nacht abgeschleppt hatte und mit ihm… Oh nein.

Nun stand ich senkrecht im Bett und riss die Augen auf. Mit einem Satz war ich aus dem Bett gesprungen und rannte zum Treppenhaus.

„Adam! Warte doch! Das ist ein Missverständnis!"

Doch er war schon weg.

Meine Worte hätte er mir sowieso nicht abgenommen, dass klang alles nach billiger Seifenoper. Es ist nicht das wonach es aussieht. Was hatte ich mir da nur eingebrockt?

Ich hätte Adam noch nicht meine Schlüssel geben sollen…

Wie ein begossener Pudel stand ich frierend in meinem

Nachthemd im Treppenhaus und wartete darauf, dass die große Eingangstür aufging und Adam wieder dort stand und mich anlächelte.

„Hey, was machst du da draußen? Was war denn los? Ich habe nur Geschrei und Gepolter gehört."

Gustl stand nun hinter mir und zog mich behutsam wieder in die Wohnung.

„Adam war hier. Und er hat uns gesehen. Jetzt zähl mal eins und eins zusammen."

„Heiliger Strohsack. Meint der, dass wir beide…du meinst…wir hatten Sex?"

„Genau, dass denkt er. Was soll ich denn jetzt machen? Er wird sicher keinerlei Erklärungen hören wollen. Ach Gustl, was soll ich tun? Ich will ihn nicht verlieren!" Verzweifelt sank ich auf einen Küchenstuhl und vergrub mein Gesicht in meine Hände. Warum geriet ich immer in solche Chaossituationen? Konnte nicht irgendwas in meinem Leben mal glatt verlaufen?

Die Tränen kullerten meine Wangen hinunter und ich wusste nicht, was ich nun tun sollte.

„Jetzt beruhige dich erst. Heute Nacht wirst du die Sache nicht mehr klären können. Warte bis seine Wut abgeklungen ist und ruf ihn morgen an. Erklär ihm die Situation. Und nun legen wir uns wieder schlafen.", versuchte Gustav mich zu trösten und tätschelte meinen Kopf.

„Na gut."

Ich wischte mir die Tränen aus dem Gesicht, immer noch schockiert von dieser absurden Lage und tapste Gustl hinterher in mein Schlafzimmer.

Am nächsten Morgen spiegelte das Wetter meine Laune wieder. Ein heftiges Gewitter suchte die Gegend heim, dass Regenschirme umbogen, Blätter den Bäumen entrissen und das Gemüt erdrückte.

Während der Regen unermüdlich gegen die Fenster peitschte und Donner die Geräuschkulisse anhob, saß ich mit einer dampfenden Tasse Kaffee am Küchentisch und starrte das Telefon an, das vor mir auf dem Tisch lag.

Sollte ich Adam anrufen? War er noch wütend auf mich?

Vor diesen Anruf grauste mir und allein bei dem Gedanken daran, lief es mir eiskalt den Rücken herunter.

Außerdem, was sollte ich ihm sagen? Ich wusste selbst, dass es abstrus war, wenn man einen männlichen Freund hatte und dieser mit einem im selben Bett schlief.

Laut etlichen Aussagen von Bekannten konnte eine platonische Freundschaft zwischen den Geschlechtern nämlich nicht funktionieren – es ging doch andauernd um Sex.

Meiner Meinung nach ging das sehr wohl. Nur verstand das nicht jeder. Besonders in so einer, für Außenstehende pikanten Situation.

Ich stupste mit meinem Zeigefinger den Hörer an und seufzte.

Kruzifix, ich probier's jetzt!

Mit leicht zittrigen Fingern wählte ich Adams Nummer und wartete gespannt auf das Tuten.

Sofort sprang die Mailbox an.

Na toll. Da wollte wohl jemand nicht mit mir kommunizieren.

Durch das Knarzen des Bodens registrierte ich, wie Gustl schlurfend im Pyjama zu mir in die Küche kam.

„Na wie geht's dir? Hast du mit Adam sprechen können?"

172

Ich seufzte.

„Nein, er geht nicht ans Telefon. Kann ich auch verstehen. Ich fühle mich so schlecht, dabei ist doch gar nichts passiert!"

Mein Freund legte mir einen Arm, um die Schulter und drückte mich beruhigend.

„Jetzt lass die Sache erstmal ein bisschen ruhen und dann wird er sich schon melden, um das Ganze zu klären."

„Das bezweifle ich…"

Mein Kopf sank langsam und mit einem leisen Klonk auf die Tischplatte. Das war doch zum Kotzen. Das Schicksal spielte mir wieder einmal übel mit. Ich schickte gedanklich einen bitterbösen Fluch ans Universum.

„Lass den Kopf nicht hängen, du kleine Pessimistin. Das wird sich einrenken, glaub mir. Ist doch bloß ein Missverständnis."

„Ja du hast gut reden mit deiner Bilderbuchfreundin. Lass mich."

Grummelnd starrte ich weiter auf meine Tasse und fluchte im Flüsterton vor mich hin.

„Gut dann mache ich mich mal für die Arbeit fertig. Sei nicht so grantig."

Gustav gab mir einen Kuss auf die Stirn und verschwand aus der Küche.

Das Wetter passte sich weiterhin an meine Stimmung an und beglückte mich mit Regen, Wind und Donner.

Ach, fick dich Leben. Amor kann mich mal.

Ich möchte zu Adam.

Zwei Versuche startete ich noch, um ihn telefonisch zu erreichen, aber vergeblich. Nur die Mailbox wollte mit mir reden.

„Adam, bitte ruf mich zurück. Ich kann dir alles erklären. Bitte."

Meine Nachrichten wurden immer flehender und mitleiderregend nach jeder verstrichenen Stunde und meine Würde hatte auch schon ihre Koffer gepackt.

Gut, dass Elfi mich nicht so erleben musste.

Am Nachmittag, als die Stille langsam überhandnahm, verkroch ich mich vor den Fernseher mit einigen Tafeln Schokolade aus Elfis Notvorrat und pfiff mir einen Liebesfilm nach dem anderen rein.

Nach circa zwei Kitschromanzen heulte ich fleißig mit, wenn der typische Traummann praktisch verloren war und die naive Schönheit ihn zurückgewinnen musste. Bei der erneuten Eroberung fieberte ich mit und biss aufgeregt in das nächste Stück Schoki.

Dann klingelte mein Handy.

Meine Augen wurden groß, und der Bissen Schokolade fiel aus meinem offenen verschmierten Mund.

Oh, oh.

Auf dem Display erschien Adams Name.

Er war es!

Mit zittrigen Fingern hob ich das Gerät auf und nahm ab.

„Hallo?"

Meine Stimme klang piepsig wie die eines Kindes.

„Hi. Ich bin's. Wir sollten wohl reden."

Er klang unterkühlt und distanziert. Konnte ich ihm nicht verdenken.

„Adam, es ist wirklich bloß ein riesiges Missverständnis. Nie würde ich mit einem anderen etwas anfangen. Der Mann war Gustav, ich habe dir schon von ihm erzählt. Mein bester Freund seit Schulzeiten. Glaub mir, da würde niemals etwas laufen. Normalerweise hätte Elfi auch gemeinsam im Bett mit uns geschlafen, wenn sie nicht schon aufgebrochen wäre. Sei mir bitte nicht böse."

Zunächst hörte man nur das leise Atmen, bis ein tiefer Seufzer erklang.

„Tut mir leid, das klingt ein bisschen unglaubwürdig. Aber besser ich weiß es jetzt, bevor wir zu viel in die Beziehung investiert hätten. Mach's gut."

Ich hielt mein Handy fest, während mein Arm langsam herabsank.

Was war gerade passiert?

War es das jetzt?

Mein Kopf war wie leergefegt und nach etlichen Minuten saß ich noch immer auf der Couch – fassungslos, was gerade geschehen war.

Wurde ich gerade wegen eines Missverständnisses abserviert?

Anscheinend.

Mechanisch machte ich den Fernseher wieder an und starrte auf den flimmernden Bildschirm. Die Schokolade wanderte in meinem Mund und ich kaute.

Hm.

Meine Gefühle waren gerade verschwunden, verpufft in der Luft.

Plötzlich spürte ich wie etwas Nasses meine Wangen herunterlief. Vorsichtig tastete ich danach. Weinte ich etwa?

Die Tränen quollen nur so aus meinen Augen, aber ich fühlte mich dennoch leer und der Schmerz war noch nicht da. So saß ich im Wohnzimmer, lautlos weinend, bis ich die Wohnungstüre klicken hörte.

„Hannah, ich bin wieder da! Gott, meine Mama hat es wirklich übertrieben mit den Einkäufen, ich kann die nächsten drei Kinder auch noch mit Sachen eindecken, das ist der Wahnsinn! Hannah? Bist du zuhause?"

Elfi betrat das Zimmer und entdeckte mich, Häufchen Elend zusammengesunken auf der Couch. Sofort rannte sie zu mir und kniete sich neben mich hin.

„Oh Gott, Hannah, was ist passiert?"

Behutsam streichelte sie mir durchs Haar und wischte mit dem Daumen die Tränen von meinem Gesicht.

Krächzend stammelte ich:

„Adam…er ist…weg."

„Was? Warum?"

Mit abgehakten Worten erzählte ich ihr, was vergangene Nacht geschehen war. Meine Freundin hatte sich derweil zu mir gesetzt und ich lehnte mich an ihre Schulter.

„Oh je, meine arme Maus. Warum hast du mich nicht angerufen?"

„Ich weiß es nicht. Es fühlt sich alles so leer an in mir. Mein Kopf, mein Inneres. Als wäre ich tot."

„Du bist nicht tot. Die Liebe hinterlässt ein Loch, wenn sie fortgedrängt wird. Ach, komm her."

Sie drückte mich an ihren üppigen Schwangerschaftsbusen und hauchte mir sanft einen Kuss auf die Stirn.

Ich fühlte mich wie eine Strohpuppe, leblos, ohne Gefühle.

„Wir machen es uns hier jetzt schön gemütlich und ich zaubere dir eine heiße Schokolade mit vielen Marshmallows und Streuseln. Balsam für die Seele."

Elfi hüpfte auf und ging in die Küche, in der es dann geschäftig raschelte und klimperte, als sie das heiße Getränk zubereitete.

„Bridget Jones" lief dann im Fernsehen, der mir zumindest ein kleines Lächeln entlocken konnte und wir schlürften währenddessen die kleine Kalorienbombe, die ein bisschen Wärme in meinen Körper brachte.

Der restliche Tag hielt keine schicksalhaften Wendungen bereit und plätscherte nur so dahin. Auch wenn ich immer wieder sehnsüchtig auf mein Handy oder auf die Wohnungstür blickte, änderte sich nichts an meinem neuen, unfreiwillig erhaltenen Beziehungsstatus.

Dies war keine Liebeskomödie, in der sich im nächsten Moment, der Geliebte Steinchen ans Fenster warf, um seinen Irrtum einzugestehen und die große Liebeserklärung vor der ganzen Stadt kundtat. Nein, dies war die Realität. Wenn es scheiße lief, lief es nun mal so.

Was mich aber in den nächsten Wochen nicht verließ, war der Liebeskummer. Wie ein treuer, knopfäugiger Hund war er stets an meiner Seite und überfiel mich genau dann hinterrücks, wenn ich mich gerade ein bisschen besser fühlte.

Manchmal verkleidete er sich als Wut auf mich selbst, in anderen Momenten überkam mich so eine Trauer, dass ich nur noch im Bett lag und stundenlang weinte, bis mir selbst die Tränen ausgingen.

Dementsprechend sah ich auch aus:

Verquollene, mit roten Adern durchzogene Augen, darunter tiefschwarze Augenringe sowie fettige, in alle Richtung abstehende Haare. Seit Tagen steckte ich im selben Pyjama, den ich rund um die Uhr trug. Meine Füße stanken nach Käsefuß und eine Rasur hätte meinen Achseln auch nicht geschadet. Missmutig schlurfte ich vom Bett, zur Couch, zum Kühlschrank – weiter bewegte ich mich nicht mehr. Außer Elfi zerrte mich ins Bad, um mir wenigstens das Gesicht zu waschen.

Der Couchtisch war bedeckt mit Bergen von Süßigkeiten, leeren Verpackungen und DVD-Hüllen.

Ich saß gerade auf der Couch, hüllte einen weiteren Schokoriegel aus der Verpackung und bellte wütende Beschimpfungen in Richtung Fernseher. Dort lief gerade ein Liebesfilm und der gutaussehende Mann mit

Zahnpasta Lächeln küsste leidenschaftlich seine Angebetete – ein Happy End.

Elfi erschien im Türrahmen und schüttelte den Kopf.

„Wie lange soll das noch so weitergehen, Hannah? Du kannst doch nicht den Kopf in den Sand stecken. Deine Arbeit hat auch schon mehrfach angerufen."

„Ist mir egal, … he du blödes Arschloch, verpiss dich doch einfach! Ihr werdet eh nicht glücklich."

Ich sandte zornerfüllte Blicke zum flimmernden Bildschirm und warf das Stückchen Plastik in meiner Hand von mir fort.

Ein Seufzen erklang und meine Freundin verschwand wieder in ihr Zimmer. Dort hörte ich sie wenig später leise reden.

„Du musst herkommen, ich weiß nicht mehr weiter, so habe ich sie noch nie erlebt. Mir gehen mittlerweile die Ausreden aus für ihre Arbeit. Gustl, hilf mir."

Irgendwann wanderte ich von der Couch zu meinem Bett und machte die gute alte Depri-Musik an. In meine Decke gekuschelt lag ich quer auf der Matratze und die Klaviermusik erfüllte den Raum. Ich schloss meine Augen und träumte zu den Tönen von den schönen Momenten mit Adam.

Ich träumte ganze Liebeslieder, die Tränen flossen von allein und die Melancholie zog ein.

Philipp Poisel sang „Wie soll ein Mensch das ertragen?" und ich fragte mich es in diesem Moment auch. Woher kamen diese verdammten Gefühle? Weshalb hatten sie so eine unglaubliche Macht, dass sie so die Herrschaft des ganzen Empfindens an sich reißen konnten?

Liebeskummer. Das war so eine ätzende Angelegenheit.

Wie viele Male hatte ich das bei Elfi miterlebt und mir gedacht, hach, das konnte doch nicht so schlimm sein! Warum jammerten alle so, dass ihr Herz gebrochen sei? Nun musste ich es am eigenen Leib erfahren und mir ging es keinen Deut besser. Schande.

Es war auch so plötzlich passiert, das verstand ich immer noch nicht. Am Tag zuvor himmelhochjauchzend, das pure Liebesglück und tags darauf liegt das Herz herausgerissen am Boden, pochend und blutend.

Mit einem Schrei prügelte ich auf mein Kissen ein. Scheiße!

Gefühle, ich verzichte dankend darauf. Kann man die irgendwo abgeben? Restmüll?

Leise klopfte es an meiner Zimmertür und öffnete sich knarrend. Gustav lugte durch den Spalt, checkte meine momentane Gefühlslage und betrat den Raum.

„Na, was macht der Liebeskummer?"

Das Bett senkte sich zu Boden, als mein Freund darauf Platz nahm und mir Gesellschaft leistete.

„Dem geht's prima.", murmelte ich in mein Kissen und sah ihn mit verheulten Waschbär Augen an.

„Das vergeht schon wieder. Bekanntlich heilt die Zeit ja alle Wunden."

„He, mit deinen ollen Kamellen kannst dich gleich wieder schleichen."

„Wir wollen dir bloß helfen, Elfi genauso. Meinst du nicht, es ist langsam an der Zeit, sich mal wieder zu waschen? Am Leben teilzunehmen?"

„Schleich dich."

Missmutig zog ich mir die Decke über den Kopf und ignorierte die Fürsorge.

Doch Gustl blieb hartnäckig. Er steckte seinen Kopf mit unter die Decke und sagte trocken:

„Du bist jetzt in einer halben Stunde gewaschen, vollständig angezogen und abfahrbereit. Wenn nicht, schleife ich dich in deinem stinkenden Pyjama und fettigen Haaren nach draußen. Kapiert?"

„Ähm? Was soll das werden?"

„Siehst du schon. Beweg deinen Hintern!"

Die Decke wurde weggezogen und die Fenster geöffnet. Die Musik verschwand sowie Gustl aus meinem Zimmer.

Etwas verwirrt richtete ich mich auf und mir blieb gar nichts anderes übrig, als zu gehorchen.

Innerhalb der vorgegebenen Zeit versuchte ich mich einigermaßen zu waschen, um wie ein normaler Mensch auszusehen und nicht nach einem Penner zu riechen.

Mit Jeans und schwarzen Shirt gekleidet ging ich in das Wohnzimmer, in dem es sich meine Freunde bequem gemacht haben.

„Na geht doch! War das jetzt so schwer, du Stinktier?"

Gustav streckte seinen Daumen hoch und Elfi sprang erfreut auf.

„Auf geht's, Hannah! Gustav hat die ultimative Überraschung für dich geplant! Du wirst es nicht glauben…"

„Elfi, sei still, du plapperst sonst noch alles aus."

„Was habt ihr beide vor? Muss ich jetzt raus oder wie? Da habe ich nicht wirklich Lust dazu."

„Das siehst du dann schon, komm mit."

Gustav hakte sich bei mir unter und schleifte mich förmlich zur Wohnungstür.

„Gegenwehr ist zwecklos."

Nach einer kurzen Autofahrt mit Gustls Firmenwagen vom Fitnessstudio kamen wir bei einem unscheinbaren Bürokomplex an, der viele verschiedene Firmen beherbergte. Ich hatte noch immer keine Ahnung, was die zwei für ein Spielchen trieben, ich hoffte nur für sie, dass sie mich nicht zu einem Therapeuten schleppten. Der würde dann nämlich meinen Frust abkriegen, die arme Sau.

„So Madame, jetzt darfst du dir den Tag versüßen."

„Ja mit was denn? Rückt doch mal raus mit der Sprache."

Mittlerweile standen wir vor dem Eingang des Hauses und ich starrte die Klingelschilder an.

„Na sieh' doch mal genauer hin. Welches Schild könnte passen?"

Ehe- und Familienberatung – wehe!

Finanzdirekt – eher weniger

Immohaus – na das hatte sich wohl schon erledigt

Trennungsagentur – äh, ja. Auch schon abgehakt

Gesang- & Vocalcoaching – brauchte ich nicht

…Moment!

„Gesang?"

Elfi klatschte erfreut in die Hände und war aufgeregt wie seit langem nicht mehr.

„Jaa, du hast uns doch von deinem Traum erzählt und Gustl hatte die brillante Idee, dass wir heute dahingehen! Er hat sogar bei der Lehrerin nachgefragt, ob sie auch speziell für Musicals und Opern schult. Und schwuppdiwupp haben wir einen Termin für dich ergattert! Ist das nicht toll? Du kannst deine Gefühle nun einfach rausschmettern! Du brauchst dich nicht zu Hause verkriechen, Mausal. Das macht uns Sorgen."

Eine dicke Umarmung später, stand ich immer noch perplex vor der Tür und starrte auf die Klingel.

Die Gefühle regten sich nicht sonderlich, weder die Freude, noch der Liebeskummer. Eher eine gewisse Gleichgültigkeit machte sich bei mir breit.

Was hatte ich zu verlieren?

Nichts, konnte also nicht schaden.

„Kommt ihr mit?"

„Nein, nicht, dass es dir vielleicht peinlich ist, vor uns zu singen. Schließlich wussten wir ja ewig nichts davon."

„Okay, danke. Dann holt ihr mich wieder ab?"

„Ja in einer Stunde sind wir da. Viel Spaß – und gern geschehen."

Bussi links, Bussi rechts, weg waren sie.

Nun denn, auf ins Gefecht.

Nach einem kurzen Klingeln, ertönte bereits summend der Türöffner und ich lief das Treppenhaus hinauf zur Gesangslehrerin. Skeptisch war ich immer noch, aber dennoch gesellte sich ein wenig Neugier dazu.

„Frau Weber? Schön, dass sie da sind, kommen sie doch herein!"

Eine gertenschlanke, hoch gewachsene Frau stand in der Tür und bat mich herein. Sie trug ein wallendes, zart rosafarbenes Kleid und ihre blonden langen Haare fielen in sanften Wellen über ihre Schultern. Ihr Name war Stella Jaser, wie ich erfuhr, als die Lehrerin sich kurz vorstellte und ihre Referenzen beschrieb.

Geblendet von ihrem engelsgleichen Wesen und ihrer ruhigen Ausstrahlung war ich schwer beeindruckt und ließ mich in einem Korbsessel fallen.

„Wahnsinn, ich ziehe wirklich meinen Hut vor ihnen."

Meine Augen wanderten weiter durch den Raum und nahmen jedes Detail auf.

Hohe Decken mit angenehmer heller Beleuchtung, hochwertiger Parkettboden und überall Spiegel sowie bunte Tücher, die an den Wänden verteilt waren.

„Das freut mich. Nun, ihre Freunde sagten mir, dass sie den Wunsch hegen, eine Karriere als Opernsängerin oder Musicaldarstellerin zu beginnen? Ein mutiges Ziel. Dabei kann ich sie aber gerne unterstützen. Haben sie denn bereits einen Gesangsunterricht besucht?"

„Nein bisher habe ich nur fleißig unter der Dusche geträllert. Wie jeder wahrscheinlich."

„Nun, das ist kein Problem, dann starten wir doch einfach mal mit den Grundlagen oder haben sie ein bestimmtes Stück, das sie gerne vortragen möchten?"

„Puh, da mich meine Freunde mit dem Besuch recht überrascht haben, bin ich im Moment ein wenig überrumpelt und unvorbereitet. Aber ein bisschen singen zum Aufwärmen wäre nicht verkehrt. Haben Sie die Musik vom Phantom der Oper da?"

Frau Jaser erhob sich von ihrem Korbstuhl und ging zu einer großen Stereoanlage, neben der sich die CDs schwindelerregend türmten.

„Moment, da schauen wir mal nach."

Die CDs durchwühlend murmelte sie die einzelnen Titel vor sich hin, bis sie triumphiert das gewünschte Album zückte.

„Na da haben wir's doch. Welcher Titel soll es sein?"

„Denk an mich, bitte."

„Eine hervorragende Wahl. Na dann stehen sie mal auf und suchen sie sich einen Platz aus, an dem sie sich wohl fühlen. Ich halte mich zunächst im Hintergrund. Wenn sie sich unter Beobachtung unbehaglich fühlen, können sie gerne die Augen schließen und sich von der Musik leiten lassen."

Mit diesen Worten drückte sie die „Play"-Taste und die Melodie von meinem Lieblingsmusical erklang im Raum.

Denk an mich,
Denk an mich zärtlich,

Wie an einen Traum
Erinnre dich
Keine Macht trennt uns
Außer Zeit und Raum...

Kapitel 16

Es waren nun schon einige Monate vergangen, während das routinierte Leben an uns vorbeizog ohne dass es ein besonderes Erlebnis gab. Mittlerweile sah man Elfi auch schon ihre Schwangerschaft an, außer sie verhüllte ihren Körper in dicke, weite Pullover. Meist aber präsentierte sie jedem stolz ihr kleines Bäuchlein, das von Tag zu Tag an Gewicht zulegte. Auch wenn sie den Kerl, der für dieses Wunder verantwortlich war, immer noch verabscheute und im hasserfüllte Blicke schickte, wenn wir ihm über dem Weg liefen, liebte sie ihr ungeborenes Kind jetzt schon mehr als alles andere. Schließlich war es ein Teil von ihr und konnte ja auch nichts dafür, so einen feigen Erzeuger zu haben.

Das einzige Problem, das durch diese unerwartete Schwangerschaft entstand, war die fehlende Arbeitskraft von Elfi. In diesem „Zustand" stellte sie kein vernünftiger Arbeitgeber ein und somit mangelte es uns wieder einmal an Geld. Mehr als jetzt konnte ich auch nicht arbeiten, aber es reichte nicht für zwei beziehungsweise drei hungrige Mäuler. Außerdem hatte meine schwangere Freundin viel zu viel Zeit, um in der Innenstadt durch die Läden zu bummeln, somit schleppte sie jeden Tag Einkaufstüten voll Babyklamotten, Accessoires und Umstandsmode nach Hause. Das Budget wurde immer schmaler, aber konnte man einer Schwangeren verbieten, Sachen für ihr Kind zu kaufen? Erwischte man sie im falschen Augenblick, hieß es nur noch eins: Bring dich in Sicherheit!

Entweder brach eine gigantische Wasserfontäne aus Elfi und sie schluchzte nur noch melodramatisch vor sich hin oder sie versuchte dich mit Porzellan zu erschlagen. Leider war ich oft noch nicht schnell genug, um den Wurfgeschossen zu entkommen und so hatte ich schon die ein oder andere Wunde an meinem Kopf.

Erschöpft von meiner zwölf Stunden Schicht im Hotel schleppte ich mich mit den Einkäufen für die Woche die Treppen zu unserem kleinen Apartment hoch und keuchte dabei wie ein ausgehungerter Kojote. Im vierten Stock angekommen klingelte ich an unserer altmodischen Wohnungstür und wartete darauf, dass mir Einlass gewährt wurde. Mein Rücken brach langsam durch und mein Kopf hämmerte wie ein Presslufthammer, ich wollte nur noch auf die kleine kuschelige Couch und meine Füße hochlegen.

Eine quickfidele Elfi öffnete mir die Tür, gekleidet in ein wunderschönes Blümchenkleid, das ihren Bauch gut zur Geltung brachte und sie noch mehr zum Strahlen brachte.

„Hallihallo du fleißiges Bienchen! Oh schön, du hast eingekauft! Ich habe sogar schon etwas zu Essen für dich gekocht! Komm herein!"

So viel Freude machte mich noch müder und ich schleifte mich die letzten Meter zur Erlösung. So wie ich war plumpste ich auf das gemütliche Möbelstück und streckte alle Viere von mich. Ein großer Seufzer entwich meinen Lungen und ich drückte mein Gesicht in die Kissen.

„Tooooooot."

Munter hüpfte Elfi um mich herum und ich war im Nu von meinen Schuhen, meiner Jacke und den Einkäufen befreit. Als ich vorsichtig ein Auge in Richtung Wohnzimmertisch warf, sah ich auch bereits einen dampfenden Teller voll Nudeln mit einem Kräuter Pesto darauf stehen.

Meine müden Lebensgeister erwachten sofort und ich schaufelte los.

Mit vollem Mund sagte ich schmatzend:

„Boah, danke, das ist meine Rettung."

Während ich den Berg Nudeln verputzte, erzählte Elfi mir von ihrem Tag.

„Zuerst habe ich gedacht, dass ich heute mal zu Hause bleibe und die Bude ein bisschen auf Vordermann bringe, aber nachdem ich den Abwasch gemacht habe, hatte ich schon wieder die Schnauze voll. Außerdem hatte ich einen unbändigen Heißhunger auf das Ding mit den drei Dingern, du weißt schon, das Gebäck da, mit Marmelade und Puderzucker."

„Du meinst einen Spitzbuben?"

„Jaa, leckerer Keks mit Marmelade, na ja, auf alle Fälle, bin ich dann losmarschiert und habe mir so einen besorgt. Da bin ich dann am Hallenbad vorbeigekommen und beim Eingang stehen geblieben. Dort steht doch ein großer Schaukasten mit allerhand Kursangeboten und wichtigen Mitteilungen, ha und weißt du was ich entdeckt habe? Einen Schwangerschaftsschwimmkurs! Hihi und du kennst mich ja, zur richtigen Zeit am richtigen Ort! Der Kurs würde in einer halben Stunde anfangen, da bin ich also gleich mal hineingewatschelt."

„Aber Schwimmsachen hast du intuitiv nicht mitgenommen oder?", unterbrach ich etwas skeptisch.

„Nein, habe ich nicht. Jedoch hat die Kursleiterin jede Menge Badeanzüge dabeigehabt, anscheinend wusste sie wie vergesslich die Schwangeren sind. Hat auf alle Fälle voll viel Spaß gemacht und man kann den Kurs von der Krankenversicherung absetzen! Gut, dass meine Eltern mich schon privat versichert haben. Du weißt ja, meine Unfallquote ist sehr hoch."

„Freut mich, wenn du eine schöne Freizeitbeschäftigung gefunden hast. Wie oft ist der Kurs?"

„Zweimal die Woche. Übermorgen ist er wieder. Kannst ja gerne mal mitkommen und zuschauen."

Schnaubend schaute ich sie mit hoch gezogenen Augenbrauen.

„Ähm, klar, erstens bin ich ja total schwanger und zweitens bin ich damit beschäftigt rund um die Uhr zu arbeiten. Geh da mal schön alleine hin."

Meinen Einwurf ignorierend erzählte Elfi weiter von ihrem Tag.

„Na auf alle Fälle war das Schwimmbad allgemein gut besucht und als unser Kurs im Wasser mit Planschen beschäftigt war, kam auf einmal ein Schwarm gutaussehender Männer in das Bad. So richtig durchtrainierte, harte Kerle. Einer hat grimmiger geschaut wie der andere."

Den Kochlöffel schwingend imitierte sie die Muskelprotze und stampfte um mich herum.

„Hör auf! Ich erstick' sonst noch an den Nudeln", prustete ich glucksend mit vollem Mund.

„Die haben natürlich ein bisschen anders trainiert als wir, aber weißt du was? Einer von den Popeye-Kerlen hat mich immer wieder angestarrt. Als wäre ich ein Alien. Das hat mich irritiert. So fett bin ich doch noch nicht, oder?"

„Mei, du bist halt rund. So wie die anderen Schwangeren halt auch. Hast ihm keinen blöden Spruch entgegengeworfen?"

„Ich bin ja nicht wie du. Kennst mich doch."

Die nächste Gabel wanderte in meinem Mund und ich nickte wortlos.

„Nächste Woche geht's dann weiter. Aber könntest du bitte mitkommen? Wenn die komischen Bodybuilder da sind, bist du die beste Verteidigung."

„Na gut, aber ich gucke nur zu! Vom Rand aus, dass das klar ist."

Überschwänglich drückte mich Elfi an ihren üppigen Schwangerschaftsbusen und schmierte sich damit die restliche Tomatensoße von meinem Mund auf ihr Oberteil.

Batiken auf natürliche Weise.

Am nächsten Tag erwartete mich die Frühschicht an der Rezeption. Momentan stapelten sich meterhohe Papiertürme in der Ablage und immer wieder kam ein Gast vorbei mit einer Beschwerde auf Lager.

„Die Handtücher waren heute nicht frisch, das ist eine bodenlose Frechheit!"

„Warum ist auf meinem Zimmer kein stilles Wasser? Ich vertrage das mit Kohlensäure nicht!"

Eine Litanei an sinnlosen Problemen. Warum konnte sich ein Mensch über solche Sachen aufregen? Im Prinzip ist es doch egal, da muss man doch nicht sofort eine Schimpftirade loslassen und das ganze Hotel lautstark darüber informieren, „was für ein Saftladen man doch sei".

Zu meinem Glück verfügte ich über ein starkes Nervenkostüm, da konnte ich relativ locker über sowas hinwegsehen. Auch wenn ich mich manchmal wirklich anstrengen musste, damit mir kein blöder Spruch über die Lippen rutschte.

Menschen, die finden immer einen Grund zum Meckern.

Ich hatte mir gerade einen Kaffee aufgebrüht, bezog an meinem Arbeitsplatz Stellung und fuhr meinen PC hoch. Schon stand der erste Gast vor mir und drückte demonstrativ auf die Empfangsklingel.

„Guten Morgen, der Herr. Was kann ich für sie tun?"

„Hallo, kannst du mir meinen Schlüssel geben? Aber schnell, ich muss gleich los."

Oh ein notorischer Duzer. Eine Spezies, die auf Umgangsformen pfeift und sich für besonders wichtig hält. Alle Menschen sind für diesen Menschen beste Kumpels, egal ob jung oder alt.

Die mag ich ja besonders gern…

Da hilft nur eins: Vor Höflichkeit triefende Antworten.

„Wie der Herr wünscht, könnten Sie mir bitte nur noch Ihre Zimmernummer verraten, das wäre äußerst lobenswert von Ihnen. Hatten Sie bisher einen angenehmen Aufenthalt in unserem Haus?", säuselte ich mit geschäftlichen Unterton.

Etwas perplex stand nun der Mann im Marken-Jogginganzug vor mir und wusste zunächst nicht, wie er auf so viel Formgefühl umgehen sollte.

„Äh… 114."

Ich warf einen schnellen Blick in die geräumige Schlüsselablage und händigte dem Gast seinen Schlüssel aus.

„Ich wünsche Ihnen noch einen angenehmen Tag und einen ebenso wohltuenden Aufenthalt in unserem Hotel."

Mit einem zuckersüßen Lächeln verabschiedete ich mich von ihm und er ging weiterhin verdutzt seines Weges. Erledigt!

Zeit mich dem Papierstapel zu zuwenden. Die nächsten Stunden war ich beschäftigt, nur ab und an kam ein Gast, um einen Schlüssel abzugeben oder zu holen.

Erst in der Mittagszeit sah ich von den Unterlagen auf, da sich mein Magen lautstark zu Wort meldete.

Just in dem Moment als ich mein Pausenschild auf der Theke platzierte, klingelte das Telefon. Mit einem genervten Blick knallte ich das Schild zurück in die Schublade und nahm ab.

„Hotel Vier Grüben, Sie sind bei der Rezeption, was kann ich für Sie tun?"

Zunächst hörte ich nur das leise Rauschen der Verbindung bis ein mädchenhaftes Kichern erklang.

„Hallo?"

Wieder nur ein Lachen, diesmal schon ein wenig lauter.

„Hallo? Ist jemand dran?"

Nun räusperte sich der Anrufer und im Nu erkannte ich die Stimme meiner Freundin Elfi, die immer noch vor sich hin gluckste.

„Hannah, das klingt so lustig, wenn du im geschäftlichen Ton redest. Tut mir leid, ich konnte mich nicht zurückhalten."

„Ha ha, verscheißern kann ich mich selber. Ich wollte gerade Pause machen, was gibt's denn?"

„Kannst du heute früher von der Arbeit heimkommen? Der Schwimmkurs ist verschoben worden auf heute Abend und ich hätte dich doch gerne dabei! Geht das?"

„Puh gute Frage, ich muss erst meinen Chef fragen, dann kann ich dir Bescheid geben. Um wie viel Uhr geht's denn los?"

„Um viertel vor sechs. Rufst du mich dann kurz an? Zum Abendessen mache ich uns dann Fleischpflanzerl mit Kartoffelsalat."

„Lecker, ist genehmigt. Ja, sobald ich was weiß. Bis später."

„Danke, bis gleich. Tschüss."

Als der Hörer auf der Gabel lag, überlegte ich, ob ich die Pause dann nicht einfach wegkürzte, um früher gehen zu können. Konnte man dem Chef so schmackhafter machen.

Wie ich es mir gedacht hatte, mit dem kleinen Deal war mein Boss einverstanden und somit war ich um fünf Uhr in den Feierabend entlassen.

Daheim angekommen wartete Elfi schon mit gepackten Taschen auf mich und trieb mich an, schnell meine Sachen zusammen zu suchen.

„Komm, flott! Wir kommen sonst zu spät!"

„Gleich, lass mich wenigstens noch auf die Toilette, sonst passiert ein Unglück."

Nach gehetzten fünf Minuten Sturmpinkeln und Badezeug suchen waren wir dann schon unterwegs in Richtung Hallenbad.

„Jetzt bin ich mal gespannt, ob deine heißen Männer da sind."

Adam schwirrte zwar dennoch in meinem Kopf und hinterließ einen stechenden Schmerz in meiner Brustgegend, aber mittlerweile lief das ganze meist ohne Tränen ab. Außerdem war ich es gewohnt Gefühle gut zu verpacken und in ein Eck in meinem Kopf abzustellen. Und wie heißt es so klischeehaft?

Die Zeit heilt alle Wunden, klang abgedroschen, enthielt aber ein Quäntchen Wahrheit.

„Bestimmt, muskelbepackte Protze, das gefällt dir sicher!"

Wir betraten das renovierungsbedürftige Hallenbad, sogen den Chlorgeruch in unsere Nasen ein und Elfi schlüpfte in die nächste frei Kabine.

Ich hatte mir meinen Bikini schon vorsorglich unter meiner Kleidung angezogen, um mich nicht in die kleinen Vier-Wände quetschen zu müssen.

Kindergeschrei, Wasserplätschern und das Patschen von nassen Füßen auf Fliesen bestimmten die intensive Geräuschkulisse des Bades und erinnerte mich an frühere Besuche als Kind. Den kompletten Sommer haben wir zu dritt im Schwimmbad verbracht und fühlten uns fast wie zuhause.

Steckerleis, Volleyballturniere und stundenlanges Planschen im Wasser. Das waren Zeiten!

Hach, immer diese nostalgischen Gefühle.

Die dicke Kugel voraus watschelte Elfi im rosa Badeanzug aus der Kabine und drückte mir ihre Tasche in die Hand.

„Auf geht's, lass uns schwimmen!"

Die anderen Kursteilnehmerinnen tummelten sich bereits im Wasser, eine kleine Walansammlung und ich machte es mir am Beckenrand auf einem weißen Plastikstuhl bequem.

Während die Damen begannen ihre Übungen zu machen und der Anleitung einer gertenschlanken Trainerin folgten, hielt ich Ausschau nach den besagten Männern.

Allerdings fiel mir nur einer auf, bei dem die Beschreibung von Elfi passen könnte. Der saß neben mir und beobachtete wie ich die Menschen.

Groß, soweit ich das im Sitzen beurteilen konnte, voller Muskeln, die sich mit den Adern unter der Haut abzeichneten und keine Haare auf dem Kopf. Dazu ein grimmiges Gesicht und knappe Badeshorts mit guter Füllung. In den prankenartigen Händen hielt der Mann ein rotes Handtuch, das er mechanisch knetete.

Er könnte also in das Muster passen. Zeit es herauszufinden.

„Hallo, gehörst du zu einer der Schwangeren?"

Glatzi schreckte auf, überrascht über die plötzliche Kontaktaufnahme und sah mich irritiert an.

„Nein, wieso fragst du?"

„Ich bin mit der Runden im rosa Badeanzug hier. Ich dachte nur, du siehst so aus als würdest du warten."

Seine Pupillen wurden groß, als ich Elfi erwähnte.

„Seid ihr zusammen?"

Ach herrje, er dachte wohl ich bin die Perle von Elfi. Bei dem Gedanken musste ich laut loslachen.

„Also bei aller Liebe, nein. Wir sind nur befreundet."

„Das finde ich gut, sie gefällt mir nämlich. Deshalb bin ich hier. Ich bin Rico."

Bingo!

Er reichte mir eine seiner Klodeckel-Hände und schüttelte meine kleine Hand.

„Freut mich, ich bin Hannah. Und meine Freundin heißt Elfi."

„Oh, das passt zu ihr, sie ist so wunderschön und zart wie eine Elfe."

Skeptisch beäugte ich Rico und wunderte mich über seine zarte Stimmte und die liebevollen Worte. Das passte nicht zu seinem Äußeren.

Da hätten wir es wieder: Menschen sollte man nie nach dem Aussehen beurteilen, meist erwartete einen dann eine Überraschung.

„Na dann warte mal mit mir hier und ich mache euch miteinander bekannt."

„In Ordnung, danke dir."

Gemeinsam sahen mein neuer Bekannter und ich dem Treiben zu, bis der Kurs dem Ende zuneigte und Elfi grinsend aus dem Becken kletterte.

„So sind fertig, jetzt habe ich aber Hunger! Aber die Kerle, die ich dir zeigen wollte, waren heute gar nicht da."

Sie hatte meinen Sitznachbarn noch nicht registriert, aber dieser sprang sofort auf und knetete weiterhin nervös sein Handtuch, das zerknüllt in seinen Händen lag.

„Elfi, darf ich dir vorstellen, das ist Rico."

„Ah."

Ihre Augen weiteten sich, als sie den großen Mann wahrnahm und er vorsichtig ihre Hand in seine nahm.

„Hi, es freut mich dich kennen zu lernen. Beim letzten Kurs habe ich dich gesehen und seitdem bist zu mir nicht aus dem Kopf gegangen. Ich hoff, das ist nicht zu aufdringlich."

Bei diesen Worten fingen Elfis Wangen an rot zu glühen und ich merkte sofort, dass sie zutiefst geschmeichelt war. Spätestens jetzt, Rico hauchte ihr einen Kuss auf die Hand, war sie hin und weg von diesem unerwarteten Romantiker.

Es wurden Handynummern getauscht und ein unverbindliches Treffen ausgemacht, aber auch nur weil ich mich einmischte. Ansonsten hätten sich die beiden weiterhin fasziniert in die Augen gestarrt.

Ich riss Elfi von Rico los, winkte zum Abschied und gab ihm ein Siegeszeichen. Aber jetzt ab nach Hause.

Genug Schmetterlinge im Bauch, das reicht mir für heute. Für so viel Romantik war ich dann doch noch nicht bereit.

Aber um meine Freundin war es geschehen. Ein Mann ganz nach ihrem Geschmack.

Am nächsten Tag fand dann schon das vermeintliche unverbindliche Date statt.

Ich saß grinsend im Schneidersitz auf Elfis rosa Kitsch-Bett und beobachtete das Spektakel vor mir. Von Zeit zu Zeit flog ein Kleiderstück in meine Richtung, während meine Freundin verzweifelt versuchte ein passendes Outfit zu finden.

Die Leiden einer Frau.

Männer konnten sich einfach in Jeans und Shirt werfen, los ging die Sache! Außer sie waren metrosexuell, schwul oder selbstverliebt. Dann brauchten sie meist sogar länger als die Frau.

In der Vergangenheit hatte ich mal einen Mann gedatet, der gefühlte drei Stunden im Badezimmer verbrachte, bevor er sich überhaupt raus in die Öffentlichkeit traute. Warum er so lang brauchte, ist mir aber nie klargeworden, er sah exakt gleich aus wie davor. Nur stank er dann erbärmlich nach fünf Pfund Aftershave.

Die Sache mit dem hatte sich auch schnell erledigt, da ich meine Zeit nicht damit vertrödeln wollte auf den werten Herrn zu warten. Außerdem trug er Kleidergröße XS. Ein weiteres Ausschlusskriterium, wenn man selbst nur mit Müh und Not in Größe M passte.

Aber zurück zum Kleiderschrankgewühle. Zumindest hatte Elfi nun zwei Favoriten in der engeren Auswahl. Ein violettes Sommerkleid mit Spaghettiträgern und herzförmigen Ausschnitt, das wäre meine Wahl und ein schwarz-weißes Kleid mit Puffärmeln und Punkten.

„Ernsthaft? Puffärmel? Wo hast du denn das schon wieder her?"

„Ich mag das, außerdem verdecken die mein wabbeliges Armfett. Sei nicht so gemein."

Ich rollte demonstrativ mit den Augen, blieb aber bei meiner Entscheidung.

„Nimm das violette, das umschmeichelt deinen Babybauch. Außerdem zeigt es deinen prächtigen Schwangerschaftsbusen. Das gefällt deinem Date bestimmt."

„Hm, na gut, ich probiere es nochmal an. Aber welche Schuhe ziehe ich dazu an? Alle hochhackigen fallen raus, da passen meine dicken Wasserfüße nicht mehr rein."

Ein lautes Stöhnen entwich mir und ich ließ mich rückwärts in den Kleiderhaufen auf dem Bett fallen. Frauen…

Nachdem dann endlich das Outfit stand und Elfi auch Haare sowie Make-up fertig hatte, konnte ich sie zu ihrem Date begleiten. Hatte auch lange genug gedauert.

„Und wieder einmal kommen wir zu spät. Das ist mittlerweile nichts Neues."

„Eine Frau braucht ihre Zeit. Das ist wohl bekannt."

„Aber hättest du davor nicht noch unbedingt drei Muffins essen wollen, hättest du auch eher anfangen können."

„Hätte, hätte, Fahrradkette."

„Du mich auch."

Die U-Bahn geleitete uns ausnahmsweise pünktlich in die Innenstadt und innerhalb von zwanzig Minuten waren wir beim Stadtpark. Rico hatte nämlich einen Spaziergang geplant und wollte danach gemütlich Eis essen. Ganz nach Elfis Geschmack.

Vor dem Westeingang des Parks wartete schon der muskulöse Glatzkopf, schick gekleidet in dunkler Jeans und weißem Hemd, das sich verheißungsvoll über seinen Oberkörper spannte. Außerdem hielt er eine rosa-

farbene Rose in er Hand und grinste wie ein Honigkuchenpferd.

Herzallerliebst.

Mein Zeichen zu verschwinden, bevor mich Amor auch
noch mit seinem hirnamputierenden Schmachtpfeil traf.

„Ich wünsch dir viel Spaß und Glück, lass dich nicht
gleich abschmusen. Wenn was ist, ruf mich an, ich bleibe in der Nähe."

Bussi links, Bussi rechts und schon war ich abgeschrie-
ben.

Ich machte mich derweil auf die Socken in Richtung
Einkaufsmeile. Die Zeit vertrödeln bis Elfi wohlbehalten wieder in meiner Obhut war. Der letzte Stecher
hatte mich vorsichtig werden lassen und auch wenn
Glatzi wie ein anständiger Kerl wirkte, traute ich ihm
dennoch nicht zu hundert Prozent.

Besonders da Elfi nicht mehr alleine war und ich die
Mitverantwortung für das kleine Leben in ihrem Bauch
trug. Also spielte ich gerne die Aufpasserin.

Sicher war sicher.

So verbrachte ich den Nachmittag mit Schaufenster-
bummel, Kaffee trinken und einem kurzen Updatetele-
fonat mit Gustl.

Auch er war in Hab-Acht-Stellung und wollte auf dem
Laufenden bleiben. Sogar wir lernten manchmal aus
unseren Fehlern. So ein Desaster würden wir nicht noch
einmal zulassen.

Gerüstet mit einem Donut im Mund und einer kleinen
Einkaufstüte wanderte ich nach drei Stunden zurück
zum Stadtpark und machte es mir auf einer Parkbank
bequem. Kauend beäugte ich meine Umgebung, sah den
Kindern beim Spielen zu und musste schmunzelnd an
ein früheres Erlebnis denken.

Mein Parkbank-Date.

Mit unschuldigen vierzehn Jahren war ich schon fleißig in der Datingwelt unterwegs gewesen und ließ mich sogar auf ein Blinddate ein. Via Chat habe ich einen Jungen kennengelernt, die Gespräche waren ganz angenehm für damalige Verhältnisse und so sprach nichts gegen ein Treffen. Dachte ich.

Als wir uns dann in eben diesem Stadtpark verabredeten, traf mich erstmal der Schlag. Der „Junge" war fast zwei Meter groß und dünne wie eine Bohnenstange. Mit meinen gefühlten ein Meter fünfzig kam ich mir vor wie ein zu klein geratenes Nilpferd. Außerdem hatte er eine gruselige Aura, lange Spinnenfinger und Glubschaugen, die nur von einer dicken Hornbrille in den Höhlen gehalten wurden.

Dennoch ließ ich das Date über mich ergehen und betete für ein schnelles, schmerzloses Ende. Doch das war mir nicht vergönnt.

Nach einem angespannten Spaziergang durch die heimischen Gefilde wollte der lange Lulatsch, dessen Name mir leider relativ schnell entfallen war, sich auch noch auf eine Bank niederlassen. Mit gequältem Grinsen nahm ich an der anderen Seite Platz, möglichst nah an der Kante, um jegliche Annäherungsversuche abzublocken. Natürlich rückte er auf und legte mir seine eklig kalten Finger um die Schultern.

Mein Herz pochte aufgeregt, aber nicht vor Freude, sondern vor Angst. Alle meine Sinne schrien nur noch eins:

LAUF!

Als ich mich vorsichtig zu ihm drehte, um ihm schnell zu sagen, dass ich nun wegmusste, spitzte der Junge seine Lippen und wollte zu einem Kuss ansetzen. Ah! Bloß nicht!

Entsetzt sprang ich also auf und stammelte eine zu-
sammen gesponnene Ausrede, um die Fliege zu machen.
Auch mein Date wollte aufstehen, doch zu meinem
Glück geschah folgendes, was sich auf ewig in mein
Gehirn eingebrannt hatte:
Als er sich zu seiner vollen Größe aufrichten wollte,
ging ein Ruck durch seinen Körper und er wurde rück-
wärts zur Bank gezogen. Seine grässliche, ausgefranste
Jeansjacke hatte sich nämlich mit einem Knopf in den
Holzlatten der Bank verhakt und ließ ihn nicht gehen.
Frustriert zog er daran, war jedoch zu ungeschickt, um
sich befreien zu können.
Das war meine Chance zur Flucht!

Bei dieser Erinnerung musste ich immer noch lachen,
auch wenn mir der Junge mittlerweile leidtat.

Da kamen auch schon die beiden Turteltäubchen daher,
Eis schleckend und fröhlich plaudernd.
Als sie bei mir angekommen waren, bedankte Elfi sich
mit zarter Quiekstimme bei Rico für den angenehmen
Tag und hauchte ihm einen kleinen Kuss auf die Wange.
„Es war mir ein Vergnügen, ich hoffe, wir sehen uns
bald wieder, liebste Elfriede."
Ganz galant nahm Rico ihre freie Hand und sie bekam
wie in einer kitschigen Romanze einen Kuss drauf ge-
haucht.
„Genug geschmust, bis bald Rico und danke fürs heil
zurückbringen!"
Ich hakte mich bei Elfi unter und ab ging es nach Hause, währenddessen wurde ich mit Details von dem so
romantischen Date versorgt. Eine Bilderbuchverabre-
dung. Fehlte nur noch der Abschiedskuss im Sonnenun-
tergang, aber den hatte ich ja erfolgreich vereitelt.

Zumindest fühlte Elfi sich wohl und sie war wohlbehalten bei mir. Damit waren weitere Rendezvous genehmigt.

„Weißt du was? Er kocht sogar gerne, ah und weißt du noch was? Er liest! Ah ah und noch eins, er guckt auch mal Nicholas Sparks an, ah und…"

„Nein, weiß ich nicht, aber anscheinend ist er ein ganz schöner Softie. Genau der Richtige für dich."

Die gesamte U-Bahnfahrt lang wurde mein Hirn mit neuen Informationen über den Glatzi gefüllt, bis ich einschritt und Elfi den Mund verbot.

„Nur fünf Minuten, okay? Dann darfst du weiterplappern."

Just in dem Moment machte mein Handy sich mit einem lauten Froschquaken bemerkbar und kündigte einen Anruf von Gustav.

Ich hatte vergessen, ihn zu informieren. Ups.

„Gustl, hallo. Tut mir leid, ich hab dich ganz übersehen. Es ist alles gut gelaufen, keine Sorge. Wir sind gerade auf der Heimfahrt."

„Hey, gut, dann bin ich beruhigt. Steht die Einladung zum Abendessen heute noch bei euch? Ich hab schon einen Mordskohldampf."

Ach genau, da wollte jemand bei uns mitessen. Am Vormittag hatten Elfi und ich bereits das Essen vorbereitet. Es sollte nämlich gefüllte Cannelloni geben. Lecker mit Bolognese und viel Käse überbacken. Die Auflaufform stand im Kühlschrank bereit und musste nur noch in den Ofen, fertig war der Festschmaus.

„Klar, kommst dann gleich vorbei nach Arbeitsschluss? Dann schieben wir das Essen in den Ofen sobald wir zuhause sind."

„Eine gute Stunde wird's noch dauern, dann bin ich bei euch. Bis später!"

„Bis dann!"

Ich klärte Elfi über Gustavs Kontrollanruf auf und entlockte ihr damit einen kleinen Seufzer.

„Ihr müsst euch doch nicht so viele Gedanken wegen mir machen. Noch einmal falle ich nicht auf so einen Armleuchter rein. Aber danke."

Elfi knuffte mich in die Seite und ich drückte sie fest an mich.

Nichts ging über so eine Freundschaft. Damit war man gesegnet, das sah sogar ich ein. Und kein Mann würde sich je dazwischendrängen oder das kaputt machen können, komme was wolle.

Kapitel 17

Nach diesem turbulenten Jahr hatten wir uns einen Sommerurlaub redlich verdient. Zwar reichte unsere schmale Geldbörse für keinen Luxus-Strandurlaub, wie es sich vielleicht so mancher wünschte, aber ein gemütliches Wochenende auf dem Land war da schon drin.

Das Wetter meinte es auch mehr als gut mit uns: Strahlender Sonnenschein, der Himmel blauweiß wie die bayerische Fahne und eine angenehm kühle Brise wehte uns um die Nase.

Ein ehemaliger Bauernhof mit wunderschönen Gästezimmern durfte uns für die paar Tage beherbergen. Vor dem Haupthaus war ein, mit Kastanien bewachsener, Biergarten, der gut besucht war und die Fahrradfahrer einlud ein kühles Bier zu trinken. Man hatte Ausblick auf einen kleinen See, konnte die Schiffe beobachten oder auf der anderen Seite die Maisfelder und einen Wald begutachten. Für die Kinder war außer einem Spielplatz, ein Streichelzoo im Miniformat angelegt mit Meerschweinchen, Hamstern, Hasen und Ziegen, die sich in ihrem üppigen Gehege frei bewegen konnten. Die Bauernhofkatzen saßen davor und überlegten mit zuckenden Schwänzen, welches Tierchen sie als Mittagessen verspeisen wollten.

Eine rundherum bayerische Landidylle, so wie es vor allem Gustl aus seiner Kindheit gewohnt war. Nichts war besser als die Heimat.

Unsere Zimmer waren bereits bezogen, die Koffer ausgepackt und das Landoutfit mit Latzhose und Karo Hemd angezogen – Zeit für eine zünftige Brotzeit!

Mich hungerte es nach Weißwürsten mit süßem Senf und eine krosse Breze dazu. Elfi schielte bereits nach dem Wurstsalat vom Nachbarstisch und Gustav blieb standhaft bei seinen Debreczinern.

Meine Freunde und ich zogen uns an einem Tisch im Schatten der Bäume zurück und genossen erst einmal die Ruhe.

„Hach, ist das nicht herrlich? Man hört nicht ständig den Radau der hupenden Autos oder die Nachbarn rumschreien. Das ist Urlaub."

Elfi lehnte sich entspannt zurück und schloss genießerisch die Augen.

„Das haben wir uns mehr als verdient. Aber ich mag unbedingt Schifferl fahren! Mein einziger Programmpunkt für den Urlaub."

Ein Auge von meiner Freundin öffnete sich langsam.

„Na ich weiß nicht, ob ich das ohne große Kotzerei überstehe. Das kleine Etwas in mir versursacht schon genug Übelkeit, da brauch ich nicht auch noch die Schaukelei von einem Boot."

„Solang du mit Glatzi noch pimpern kannst, ist ja alles im grünen Bereich.", sagte ich augenzwinkernd.

Daraufhin knuffte mich Elfi in die Seite und richtete sich wieder auf.

„So weit sind wir noch nicht. Ich lerne auch mal ausnahmsweise auf meinen Fehlern. Aber er ist schon ein Süßer. Guckt mal, was er für das Baby gekauft hat."

Ein Griff in ihre Handtasche und sie zauberte einen winzigen grünen Babybody hervor. Vorne drauf grinste uns ein dicker Frosch entgegen.

„Mei, der gefällt ja sogar mir! Putzig."

Gustav griff gleich danach und bestaunte das niedliche Kleidungsstück.

„Grüß Gott, de Herrschaften! Was derf's denn sein?", begrüßte uns eine gute gebaute, rüstige Frau im Dirndl. Sie sah aus als wäre sie die Chefin des Hauses, die Autorität strömte ihr aus allen Poren.

„Servus, wir hätten gern einmal eine Apfelschorle, zwei Radler, ein Paar Weißwürstl mit Brezen, zwei Paar Debrecziner mit Brezen und an großen Wurstsalat."

„A guade Wahl! Kimmt sofort für de Herrschaften."

„Also man muss schon sagen, was ich bisher von deinem liebestollen Kerl kennen gelernt habe, ist äußerst positiv. Aber nichts überstürzen, der muss sich erst bewähren.", meinte Gustav und gab Elfi den Strampler wieder zurück.

Elfi errötete leicht und grinste.

„Ja das stimmt, auch wenn er nicht so aussieht, hat er viel im Köpfchen und ist ein Romantiker."

„Sieht aus wie ein mit Steroiden-geschwängerter Bodybuilder ohne Hirn, um es genau zu sagen."

Es rollten wieder Augen, was mich mittlerweile nicht mehr weiter störte.

„Er würde sogar den Boden küssen, auf dem Elfi geht, wenn sie ihn lassen würde.", sagte ich zu Gustav.

Dieser lachte bei der Vorstellung auf.

„Kann ich mir gar nicht vorstellen. Wenn er bei uns im Studio trainiert, wirkt er so grimmig und pumpt die Gewichte wie ein Profi. Aber sowas kennen wir ja schon: Harte Schale, weicher Kern."

Epilog

Der Himmel mit seinen weißen, flauschigen Wolken zog an meinem Kopf vorbei während ich mich mit empor gereckten Armen im Kreis drehte. Einen Freudensprung konnte ich mir auch nicht verkneifen und so landete ich voller Übermut in dem langstieligen Gras, das saftig grün leuchtete und mit Gänseblümchen geschmückt war.

Elfi saß in einem sonnengelben Kleid neben mir und faltete die Hände über ihren kugelrunden Bauch. Sie strahlte die Zufriedenheit und Glückseligkeit einer werdenden Mutter aus und beobachtete mich bei meinem Schauspiel.

An meiner rechten Seite lag Gustl in der Wiese und kaute wie ein Bauernjunge auf einem langen Grashalm. Die Arme unter dem Kopf verschränkt und in Latzhosen gekleidet hing er seinen Gedanken nach.

Ich musste schon sagen, wenn man so auf das Jahr zurückblickte, hatten wir unglaublich viel erlebt. Und das nur wegen einer blöden Wette. Ach apropos…

„Wie sieht es eigentlich mit unserem Gewinn aus? Schließlich haben wir einiges erreicht."

Stirnrunzelnd wandte sich der Wettleiter zu mir um.

„Ist das jetzt dein Ernst? Mittlerweile musst du doch verstanden haben, was euer Gewinn ist, oder?"

„Ja wie jetzt?"

„Also mehr Gewinn kann man nicht machen, mit den Erlebnissen, einem kleinen Kind für Elfi und einem erstklassigen Job für dich. Sag bloß du willst noch mehr kriegen?"

Ich verdrehte nur die Augen und meinte Schultern zuckend:

„Hätte ja sein können, dass wir noch einen Orden bekommen oder einen Pokal, weil wir so fleißig waren."
„Na wenn das so ist, hier! Der Grashalm des Fleißes."
Feierlich überreichte mir Gustav seinen abgekauten Grashalm.
„Igitt, den kannst du gleich wieder in deinen Mund schieben, den Sabberstiel."

Mit diesen Worten legte ich mich auch ins Gras und schaute wieder in den Himmel.
Alle drei waren wir in diesem Moment äußerst glücklich. Es war vieles anders gekommen, als wir es geplant hatten, aber so spielte einem nun mal das Schicksal zu. Dennoch hatten wir ein turbulentes Jahr hinter uns, das in diesem Augenblick betrachtet gar nicht mal so übel gelaufen war. Zumindest konnten wir von uns behaupten, das Leben beim Schopf gepackt zu haben. Wie heißt es oft so schön in der Werbung: Genieße den Moment.
Das Leben schreibt unsere Geschichten, mit Fehlern und Ärger, aber im Nachhinein machen genau diese Erlebnisse uns zu dem Menschen, der wir nun sind. Fehler formen unseren Charakter, verbessern oder verschlechtern ihn. Dadurch sind wir einzigartig. Und nur darauf kommt es an.

Lektion „Leben" Ende.

Wollt ihr mehr erfahren über die Autorin?
Dann geht auf
http://www.facebook.de/sinfoniedeslebens